你有朋友、同学、家人……
而我，只有你；
你有爱情、事业、娱乐……
而我，只有你。

想念 —— 陪伴 —— 相依 —— 离别

[Love]
[Actually]

# 印我 只有你

辛夷坞 等 | 著

II

CnS
PUBLISHING & MEDIA
中南出版传媒集团

湖南文艺出版社
HUNAN LITERATURE AND ART PUBLISHING HOUSE

博集天卷
CS-BOOKY

我
只有你

Ⅱ

# 目 录
C o n t e n t s

## 思念

【拼音】

sī niàn

【释义】

思虑，怀念。是珍藏于内心的
甜蜜，是一种深沉的渴望。

● **你让我必须相信天堂 /辛夷坞**

我总以为还有太多的时间，索取她的陪伴，却
并没有回报她相应的关怀，她坐在窗口等待的
时间远远要比我在她身边的时间长。那时我还
不知道人的世界很大，猫的世界很小，人的一
生很长，猫的一生却很短。

# 陪伴

【拼音】

péibàn

【释义】

跟随在一起，在旁边做伴。

● 妙龄大叔×Dog×Cat /张迟昱

从猫狗是世仇的角度考量，家里在养了狗的前提下又去养猫，那一定是这家的主人疯了。

我想义正词严地告诉持有这种观点的人，你大错特错了！不是这家的主人疯了，而是这家子全疯了……

● 你是我的温暖　/青罗扇子

在我觉得自己好像被整个世界抛弃的时候，他在告诉我，我还有他。

我并非孤身作战，无人挂念。不管多么困难，他都会像现在这样，温暖地陪着我，一直到世界终结。

● 幸好共相伴　/春树

以前我不喜欢猫，更不觉得他们有什么可爱，现在我完全被改变了。也许就像体会过真爱，从此看所有人都不再一样。

我再也不想到处乱晃了，如果有时间，我宁可宅在家，陪我的猫。或者说，让我的猫陪我。

● 为了你，一切都值得　/王雄成

在我的心里，每一个动物都是鲜活的生命。而萨提、Loki、桃子、西瓜，他们不只是需要照顾的生命，不只是用来娱乐的宠物，他们已经逐渐成了我的家人。家人，是一定要好好照顾的。

● 铭记与遗忘之间　/白槿湖

当一个人开始不断回忆，寻觅过去时光的剪影，就意味着已开始老去。

那么他呢，在他老去的时候，他有否想到我，想见我一面，想我摸摸他的头，喊一声他的名字，他仍像年轻时候那样大步朝我跑来？

● 生命中应当承受的轻微　/高瑞沣

他的命运在我们看起来也许很轻微，但是因为生命的责任，所以他注定成为我生活里不可或缺的一个部分。他是我生命中应当去承受的轻微，尽管我很忙，也尽管，这跟我的帅气没有任何关系。

相依

【拼音】

xiāng yī

【释义】

互相靠对方生存或立足。

P082-P145

● 三寸温存 /萧天若

我总在想，我跟小白，算什么呢？

前生，擦肩还是回眸？又或者有怎样的一段故事？换来这一世我喂她许许多多条鱼，她在那样深的一个夜里，还我三寸，永恒的温存？

● 谢谢你爱我胜过自己 /犬犬

只要想到他，他就会在我身边出现。而他想到我时，我却不能像他这般。

我对他好，他便会对我更好；若我对他不好，他却会在下一秒就忘记了，继续用他最热情的状态讨好我，抚慰我。

● 初一女士和她的小八 / 寐语者

我想，她的喜悦，不只是因为食物，更多的是因为我来找她——我没放弃她，她也没忘记我。一只猫，她也能清清楚楚地感到被爱。在我为她担忧的日子里，或许她也因失去我的关爱而难过。

# 离别

【拼音】

lí bié

【释义】

比较长久地跟熟悉的人或地方分开。

P146-P210

# 思 念

【拼音】

sī niàn

【释义】

思虑，怀念。是珍藏于内心的甜蜜，是一种深沉的渴望。

# 你让我必须相信天堂 /辛夷坞

八○后作家新领军人物，

独创"暖伤青春"系列女性情感小说。

代表作：《致我们终将逝去的青春》。

本来说好是要写一篇关于黄豆宝的文章的。黄豆宝是只猫，性别男，两岁零三个月，金牛座，美国短毛猫和加菲猫的混血儿。但是在说起他之前，我却想要说说另一只叫小傻的猫，虽然有些离题，但是没有这一段经历，就不会有后来的黄豆宝。

小傻是只黄色母虎斑猫。她刚被我的一个同学送到我手里的时候大概四个月左右。而我那时是个刚从学校毕业，工作三个月不到的职场菜鸟。说真的，我看到她第一眼的时候并没有多少喜悦的感觉，最主要的原因是我连能不能好好养活自己都存有怀疑，自然也没做好养活另一个"活物"的心理准备。另一个说不出口的原因是——依照我对猫的朴素审美，起码希望能得到一只花猫，而这只被我同学装在破纸箱里的小猫太其貌不扬，不但瘦巴巴的，看上去还又黄又脏。

可当时我那位同学话说得滴水不漏，她说这只小猫是老家母猫生的其中一只，没有人要，家里人打算扔掉，她于心不忍带在身边，可是她和男友的新家正准备装修，没精力也没场地收容养活那么多只猫，只得将四只小猫分头送给几个朋友寄养。她当时信誓旦旦地承诺，只要等她装修完毕立马就会把猫接回去。

　　她既然都这么说了，拒绝的话我也不好说出口，再怎么说任凭这么小的一只猫去流浪是挺残忍的，反正是寄养，几个月很快就过去了。于是我点了头，如履薄冰地将那个装了猫的纸箱捧回我简陋的单身宿舍。当时我怎么会想到，这"暂时的寄养"一晃就是五年多，原本的小瘦猫长成了将近九斤的大家伙，她的原主人、我的好同学从结婚到身为人母，房子装修了一套又一套，但是也没见她主动提起过这只猫。当然，那时这只猫已经成了我生活的一部分，无论如何我也不

会让她离开我的身边，哪怕是回到原主人那里。

　　小傻其实一点儿都不傻，相反，她大多数时候都显得异常冷静且警醒，甚至有些冷漠。平心而论，她不是只可爱且善于讨人喜欢的宠物。我第一次给她洗澡就被她狠狠咬了一口，不是擦破了皮儿，而是被她豁出去地咬，像对待宿敌一样，我的手指上立刻多了个汨汨冒血的小洞。当晚我灰头土脸地独自去打针，回来的途中正赶上一场暴雨，手上拎着重得要命的猫砂和两大袋猫粮（因为我煮给小傻的肉粥她闻都不闻，可怜我这个平时只吃食堂和快餐的人，好不容易为她亲手折腾出一顿晚餐却遭到如此冷遇），被淋得像落汤鸡一样，被咬的伤口还隐隐作痛，我哭都哭不出来，觉得自己简直是全世界最大的倒霉蛋。

　　虽然我幻想的人猫一见如故的场景成空，但是猫砂和猫粮小傻倒适应得很快，她真的很聪明。聪明的人容易对一切充满戒心，也许猫也一样。刚和我一起生活的大半年里，小傻甚至从未在我面前睡着过，无论她睡得多熟，在我靠近或发出响动之时，她会马上睁开眼睛警惕地看着我。随着相处时间渐长，她大概是彻底相信我没有要伤害她的意思，这才逐渐放松警惕。很难形容我第一次看到小傻闭着眼在我面前舒展身子时的心情，好像刹那间彻底相信了付出就一定会有回报。那份喜悦让我忘记了最初收容她时对自己的告诫：她不喜欢我，我也不怎么喜欢她，反正只是临时替朋友照顾而已，只要不出差池就好。

　　在我动了把猫据为己有的念头后，小傻也没有对我特别亲昵，依旧不让抱，只在我回家的最初几分钟会在我脚边转悠一会儿，很快就该干吗干吗去了。她似乎并不需要我，自己有自己的世界，反倒是

说缘分有点儿矫情，但我仍然觉得我和她是注定在一起的。

我比较没出息。她出现在我生活最低谷的阶段，那时我除了一份工作外一无所有，一个人吃饭，一个人出门，一个人回家，一个人过每一个节日。孤独根本不像歌儿里唱的那样有情调，它只会让人觉得晃晃悠悠没个着落，什么都不是。

小傻就这样成了我唯一的伴儿，哪怕她不怎么搭理我。她做的最多的一件事儿，就是坐在宿舍老式的窗台上看着外面。我的住处在单位大院里最偏僻的角落，窗外没有什么风景。我猜她是在看飞过的鸟儿。别误会，小傻从来没有什么易感的情怀，鸟儿只是她的猎物，我亲眼看到过她闪电般伸出爪子将飞过的一只麻雀拍进屋里奄奄一息，她好像一直都这么野性难驯，没有什么是值得她害怕的。我带她去宠物医院打针，她把医生的手抓出几道儿血痕。抱她到楼下转转，她和邻居家的吉娃娃打架，最后以小狗受伤去了医院，我赔钱赔不是收场。同事过来串门儿摸她的头示好，引来她一顿咆哮。朋友家养了只小白猫，带来跟她"做朋友"，被她无情地驱赶出门外。有时她惹我生气，我大声斥责她，她不但不会收敛后退，反倒会扑过来朝我示

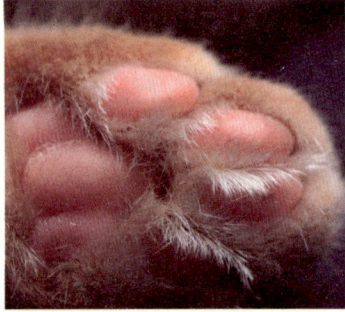

威，若我用卷起来的报纸教训她，她当真会摆出和我一决生死的架势，而且有一种宁可吃亏也绝不服软的劲头。每逢节日，离我住处不远的地方有人燃放烟花爆竹，她丝毫不惧剧烈的声响，饶有兴趣地坐在窗沿欣赏。

可以这么说，我认识的人里，但凡见过小傻的，没有人不劝我别养了，就算想要养只小动物，大可以挑只温驯可爱的。就连宠物医院的老医生也说，开店这么多年，没见过这样野的家猫，并坦言这样性格的动物并不太适合作为宠物。其实，就算是我自己也说不出这只猫到底有什么优点，她长得不好看，性格彪悍冷酷，但同时我也说服不了自己不要她。若是她温柔可爱，我尚且可以为她觅得另一个合适的主人，可她这副样子，如果我不要她，她无处可去，只能成为流浪猫。当时我住在二楼，如果忘记关窗，小傻有时会跳出去游荡。附近很偏僻，围墙外就是荒郊，时常有大型的流浪狗出没，我总怕她打架会吃亏，更怕她回不来。每逢发现她出走，我都会四处寻找，她通常不会跑得太远，听到我叫她会从草丛里钻出来等我捉她回家。有一回，找到凌晨也不见她的踪影，我以为彻底把她丢了，没想到次日清早一打开门发现她就坐在楼道里。这至少证明了在她心中是有"家"这个概念的，她并不想离开我去流浪。

有一次我下班，邻居家在楼下晒被子的退休老阿姨半开玩笑地告诉我，我家的猫会接送我出门回家。她说每次我上班的时候，小傻就坐在窗台上看着我走，当我回来时，只要人影刚出现在宿舍楼前的路口，她就会从窗台上消失了。说者无心听者有意，后来我暗自观察过好几回，果然如此。我出门时，她铁定坐在窗沿，视线一直跟随我，直到我看不见她。要是我在楼下喊她的名字，她会用叫声回应

# 人的世界很大，猫的世界却很小……

我。我回来时她之所以跳下窗台，是因为她已经蹲在门口等着我了。这个发现让我忽然觉得自己没那么孤单，因为最起码还有一只猫在等着我回家。哪怕回家后她不黏着我，哪怕她等我也许是为了吃一顿新鲜的猫粮，可我和她之间确实是存在着某种联系，我们是相互依存的，我绝不会丢弃她。

有可能是一种心理暗示，自从我察觉到小傻还是渴望有我做伴的，我对那个空荡荡的单身宿舍竟也多了几分依恋，不再像以往下班后还以加班为由在办公室逗留到很晚，有事儿出去也会尽可能早地赶回来。别人都有点儿怕小傻，但除了第一次洗澡被她咬了一口之外，她从没有主动攻击过我，生气时扑向我，也鲜少会伸出利爪。她认得出我的脚步声，能听懂我叫她的名字。停电的时候，我在一片漆黑中紧张莫名，听到她的叫声，会感觉安心。在我最难过的时候，坐在地板上大哭，当时以为是过不去的坎儿，是她蹲在我身边静静陪着我。

后来，在和小傻原主人的一次闲聊中得知，当时一窝小猫共四只，因为我住得远，她送到我那里时，小傻是最后一只。她最不好看，被抱起来时不听话地扭个不停，所以被挑剩了下来。可是她另外几个同胞兄妹，后来不是早夭，就是走丢了，只有她一直留在我身边。说缘分有点儿矫情，但我仍然觉得我和她是注定在一起的，她遇到我，我遇到她，都是一件幸运的事儿。后来我换工作，换房子，恋爱，结婚，去哪儿都带着她。我以为我会看着她变成一只老猫，掉牙、嗜睡，然后平静地离我而去，没想到分离却来得如此之快。

　　那是小傻来到我身边的第五个年头儿，当时我在上海，她留在家里。这次的分别并无特别之处，我尽情享受和朋友聚会的喜悦，总相信不久后回到家，那只猫还会一样等在门口，直到我忽然接到了家人的电话，得知小傻病了，什么都不肯吃，精神很差。我立刻往家里赶，途中还想着兴许是天气太热的缘故。看到她之后，才知道情况比我想象中坏很多，她已经近五天滴水未进。

　　猫是一种耐受性很强的动物，一般的疼痛疾病很难压垮他们，如果到了数天拒绝进食的地步，通常情况不妙。我也不愿责怪家人在我离开时没有照料好她，因为我太了解我的猫，小傻脾气太倔，包括我老公在内，没有人敢在她不情愿的时候挪动她，她会误以为受到侵犯而奋力攻击，所以在我回到家之前谁都没办法把她弄到医院。要怪也只能怪我自己出门前没有发现异状，而且在外逗留得太久。

带小傻去就诊是段不堪回首的记忆。我带她去了我们这个城市最好的宠物医院，但没人能告诉我她到底怎么了。她也抗拒任何陌生人接近她：没办法给她量体温，输液的时候必须出动四个实习生才能将她制服，五花大绑地捆在输液台上才能勉强把针扎进去。随后的几小时我必须寸步不离地守在她身边安抚她，以防她在身体状况极差的情况下仍然奋力挣扎。她被捆得动弹不得，不住看着我，发出尖锐的哀嚎，像是求我放了她。我一再对她说，我不想伤害她，这都是为了她好，但是我知道她不能理解。

到了后来几天，我已经不知道我是否为了她好，每次离开家都让她极度狂躁和痛苦。医生们一看到她就皱眉，我听到她被捆绑时的惨叫心就像被人捏在手里。天气很热，大家都汗流浃背精疲力竭，她只有回到家才会安静下来。因为她还是不肯吃东西，我不得不按照医生吩咐的方式用去掉针头的针管强制灌她软食。她抗拒，但挣扎得并不激烈，可能是因为她益发虚弱了。她明显比往常更依恋我，她开始愿意我抱着她，可这时我抚摸她已经能感觉到她身上突出的骨头。以前她很少进我的卧室，后来那几天她每晚都会在靠近我的床头柜下蜷缩着。

最后一次从医院回来，她的精神竟然好了一些，回来的路上，老公开着车，她从猫包里爬了出来，趴在我的身上看着窗外。我们很高兴，特意去市场买了她最爱吃的海虾，看她能不能吃下一点儿。

回家后，老公烧水准备煮虾，小傻守在装着活虾的水池边伸爪子去捞，她很久都没有这个兴致了。以往我会阻止她玩儿水，但如今只要她高兴她想怎样都没问题。过了一会儿，她竟然叼到了一只，摇摇晃晃地朝我走来。当时我坐在沙发上，她走到我脚边，想要跳到我身边，没有成功，我伸手去抱她，她就把嘴里的虾放在了我的大腿上。

那只虾还能动弹，看上去有些恶心，我当时吓了一跳，条件反射地站起来把虾抖搂在地上。后来我想起这件事儿一直很后悔，猫只会把食物送给她最最喜欢的人，也许是只老鼠，也许是只死去的昆虫……也许是只虾。在人类看来这很恶心，但是在猫眼里，这是全世界最好的东西。

那天晚上我通宵都在赶稿，如果没有记错的话应该是小说《许我向你看》的结局。因为小傻好了一些，我放心了不少，希望趁机赶上落下不少的进度。凌晨三点左右，小傻从我的床头柜下艰难地走了出去，我特意停下来去看了看她，还跟她说了会儿话。但是到底说了什么，我怎么都想不起来了，因为我根本没有想到离别在即，那是我对她说的最后几句话。

早上七点，我完成了当日的进度，走出房间想要在睡前再看看小傻的状况。她当时躺在客厅的电视柜与茶几之间，生病以来她总是保持蜷缩着的姿势入睡，很久没有那么舒展了。我蹲在她身边，像往常无数次那样伸手去摸她的头，在手指触到她的那一刻，我的心瞬间就凉了，凉得和她的身体一样。

从三点到七点，中间只隔了四个小时，如果我中途出来再看看她，也许就能陪着她度过最后的时刻，但是在那四个小时里我的手没

有离开过键盘，所以我甚至不知道她那时是痛苦的还是安详的，怎么会一丁点儿声息都没有？后来老公对我说，小傻应该是不希望我看着她离开，所以她才一心从我卧室的床头柜下走了出来。我想他大概是对的，小傻一直是只特立独行的猫，她给我留够了记忆，然后还是愿意在最后的时刻独自离去。她知道我就在不远的地方，说不定最后在她耳边的一直是我敲击键盘的声音。

我成年后没有经历过亲人的辞世，但小傻的离开对于我而言和失去一个亲人没有任何区别。我和老公两人亲手把她埋了，我把前一天晚上身上穿着的睡裙换下来包裹着她，并且一厢情愿地想，她应该会愿意伴随着我身上的味道长眠。她最喜欢的玩具、吃饭用的碗，我都放在了她身边。回来的路上下了场小雨，说好不哭的，结果又没忍住，因为想起她从来没有淋过雨，也没有离我那么远过。

之后几天，陆续有朋友和家里人打电话来问起小傻的病情，我

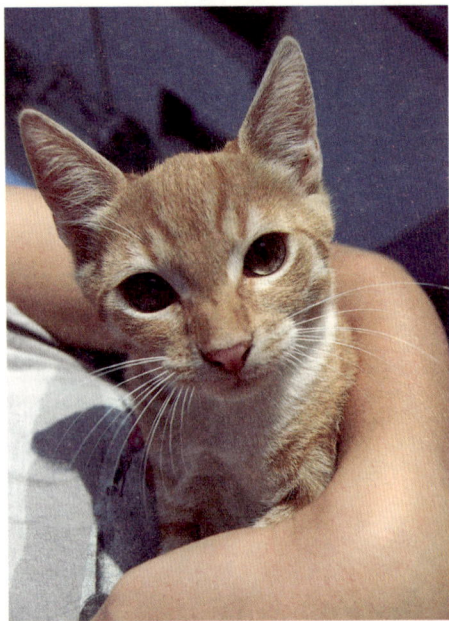

我开始愿意相信有天堂，
因为只有这么想，我才能
告诉自己她去了一个更好
的地方。

一概说她好一点儿了。老公不解我为什么那么说。其实，我不是故意要骗他们，只不过没有办法提起小傻已不在了的事实，哪怕别人都是好意。

我不怕有人说我傻，为了一只猫那么伤心。她陪我度过的时光、给过我的安慰和快乐比很多人都重要。我原本是个半无神论者，但小傻离开之后，我开始愿意相信有天堂，因为只有这么想，我才能告诉自己她去了一个更好的地方。

直到现在我还经常梦到小傻，她总是坐在单身宿舍的窗台上看着我走远，虽然现实中我已经搬离那里很多年了。有时候我回头朝她挥挥手，还能听到她远远地叫了一声。更多时候我拥有她的视角，像她那样看着我的背影变小，然后我才发觉我并不是一个太好的主人。她在我身边的那几年，前半段我的生活并未安定下来，她跟着我饱一顿饿一顿，从一个地方搬到另一个地方。后半段的日子我忙着适应新的生活，常常觉得她的坏脾气是我的负担。我总以为还有太多的时间，索取她的陪伴，却并没有回报她相应的关怀，她坐在窗口等待的时间远远要比我在她身边的时间长。那时我还不知道人的世界很大，猫的世界很小，人的一生很长，猫的一生却很短。

小傻离开之后，老公怕我太难过，给我带回了黄豆宝。正因为失去了小傻，我把伤心和后悔变作加倍的关切寄托在了黄豆宝的身上。我用尽可能多的时间陪伴他，细心照料他的生活，给他力所能及的最好的一切。其实，黄豆宝是只和小傻完全不一样的小猫，他懵懂且生性快乐，在他眼里或许这一切都是理所应当的，这也正常，世间种桃和摘桃的往往不是同一个。当然，关于黄豆宝，那又是另一个故事。

# 陪 伴

【拼音】

péi bàn

【释义】

跟随在一起，在旁边做伴。

# 妙龄大叔×Dog×Cat　/张迟昱

《开心麻花》导演、编剧，影视文学双栖二货。

代表作：《开心麻花剧场》。

## 【大叔×Dog】

"你家狗叫什么名字？"

"王宇宙。"

"没问你，我问的是狗。"

"王宇宙……"

这样的对话于我来说早已习以为常。

也许正在看本书的你会好奇为什么一只狗要叫王宇宙，其实答案很简单，就是为了让人分不清谁是主人谁是狗啊！

写到此不禁拍案而起仰天长"笑"，我果然是个二货……

好吧，废话少叙。

我跟宙娘——一个妙龄大叔和一只母狗的重口味故事，就从"王宇宙"这个名字说起吧。

茶余饭后以资吐槽。

## 关于名字的陈谷子烂芝麻

我跟宙娘的孽缘始于四年前一个遭雷劈的午后。

我第一次见到宙娘的时候，她跟她的众姐妹被关在一个巨大的笼子里。

看着她们一张张楚楚可怜的小脸儿，我顿时生出一种挑选爱妃的邪恶感觉，怎一个"爽"字了得。

于是，我对着笼中的众爱妃，问了一个富有哲理的问题：你们谁愿意跟我走？

一阵沉默后，一声娇啼划破天际。

我循声望去，心里不禁暗赞一声：人中赤兔，马中吕布！竟然会有长得这么寒碜的萨摩耶！就你了！

多年后的某天，我跟宙娘夜聊，我问她，当初你为啥答应得那么爽快，难不成是觊觎本座的美色？宙娘鄙夷地看了我一眼，口中哼唧："你个二货，当年老娘下意识地说了句我不愿意，结果就被你抱回来了……"

好吧……别人在转角遇到爱，我们在转角撞了车，这都是命啊。

当然，这是后话。

抱着宙娘回家的路上，宙娘就尽显"重口味"本色。

哈喇子流了一路不说，还在我怀里华丽丽地吐了。

我脑子一时短路，竟然用手去接……所幸宙娘量小，我手掌的吸收能力又远超护舒宝，这才没发生胃酸逆流成河的惨剧。

回到家，我就迫不及待地给宙娘起了第一个名字——口水王。

琢磨了两三天后，觉得口水王这个名字太小家子气，与本座不配，于是，我又给她换了个霸气的名字——宇宙王。

为了体现文化人的骚情，我继而蛋疼地将姓和名倒装了一下——王宇宙，就此诞生。


## 宙娘的三从四德


从女子无才便是德的角度看，宙娘真是个积了大德的女子，即便是大德金刚见了她都羞愧难当。

两岁前的她，每天做的事儿，往复杂了说，那就是吃饭、睡觉、搞破坏。

　　你很难想象，在她那么娇小的身躯中，竟然隐藏着如此强大的破坏力。

就这样转角遇到爱。

　　那个时候的我，每天过着朝九晚五的上班族生活。

　　每天下班到家打开房门的一刹那，鲁迅的一句名言就会迅速蹦跶进我的脑子里——惨象，已使我目不忍视。

　　宙娘会将所有她能破坏的东西破坏殆尽，小到卷筒纸，大到沙发座椅。

而且她每次为了能轻装上阵，开工前都会先将腹中糟粕一排而尽，我甚至能想象出她吆喝着号子，在房间里挥汗如雨的"勤劳"形象。

一点儿都不夸张地说，被宙娘糟蹋过的房子就像是刚被一万匹脱缰的野马践踏过一般——沙发与桌椅齐飞，剩饭共狗屎一色。

我完全有理由相信，任谁每天看到这样的场景，都会抓狂！但本座毕竟不是凡人，本座没有抓狂，本座崩溃了……

就这样，在宙娘的胡作非为整整持续了一个月后，我终于忍无可忍——吃饭、睡觉、打宙娘成了我每天的必修课。

对于我的邻居而言，当我每天下班到家的时候，当我正义的铁拳朝宙娘倾泻而下的时候，他们的脑海里也一定会蹦跶出一句话——惨叫，已使我耳不忍闻。

偶尔，我会通过播放音乐来掩盖我的暴行，"菊花残满腔伤"是那段时间我最中意的歌曲。


## 写给吃货的悼文


我总是在想，到了宙娘吹灯拔蜡入土为安的那天，我该写一篇怎样的悼文祭奠她。

在我敲烂了三个键盘后，终于有了以下这篇雏形：

宙娘的一生，是无所不吃的一生！

她这一辈子都在绞尽脑汁地试图吃到更多的垃圾食品，她这种对于垃圾食品孜孜不倦的精神，令每个吃地沟油长大的孩子都感到无地自容。

在宙娘的狗窝中，贴着这样一句话——狗的生命是有限的，但垃圾食品是无限的，要把有限的生命投入到吃无限的垃圾食品中去，妥妥儿的！

宙娘是这么要求自己的，同时也是这么做的。

为了不错过她能接触到的任何垃圾食品，她先后锻炼出了瞬移、萌杀、读心术等终极技能。

就拿瞬移来说。

前一秒你明明看见她还躺在卧室里好梦正酣，半秒后你小心翼翼地撕开了手中的零食包装袋，再一抬头，她已经好整以暇地端坐在你的面前。

可怜她那么低的智商，竟然还能想出如此多的花招儿，有限的脑细胞全歇菜在这方面，难怪连看个门都做不到。

当然，宙娘的成就也是有目共睹的，她这一辈子消耗的垃圾食品连起来可以绕宇宙三圈儿。

从这点来说，王宇宙这个名字，她当之无愧。

现在，让我们点燃手中的垃圾食品，以告慰她老不死的灵魂。

请允许我作为宙娘的主人，最后问她一个在我内心深处埋藏多年的疑问——你来地球的目的究竟是什么？


## 八辈子


在我写下这些文字的时候，宙娘一直四仰八叉毫无节操地躺在我的身边。我扭过头告诉她：以你爹现在寸字寸金的身价，为你码了那么多字，你八辈子都还不清了，记得下辈子还做你爹的宙娘……

我眼中含着泪花，煽情地望向宙娘，可是……你这不屑的眼神是怎么回事儿啊？

# 【大叔×Cat】

　　如果你问我，在伺候众喵星人的过程中，什么令我印象最深刻，我会毫不避讳地告诉你，那就是他们怨念的繁殖能力。

　　白昼宣淫那是家常便饭，再加上没有计划生育的干扰，我家喵星人数量最多的时候爆棚到十一只。

　　在旁人的眼中，没准儿这是一幅其乐融融的人兽合欢图。

　　但现实的残酷往往超出你的想象……


## 一山不容二虎

　　家有公猫两只，蛋挞和IP仔，素来不睦。

　　一山不容二虎，这是常识，特别是当这二虎都是二货的时候。

食盆明明有两个，他们非要挤在一个里吃，为此拼得头破血流。

厕所明明有两个，他们非要挤在一个里上，为此上得屁滚尿流。

母猫明明有两只，他们非要逮着同一只骑，真以为自己是名流啊？

无论是头破血流、屁滚尿流，还是假装名流，事先都需要经过一番生拼死斗。

对于我这个武侠迷而言，每每看到他们露出打架的苗头，我就会赶紧搬个小马扎坐在一旁围观。

在我的吆喝助威下，俩二货的武功也算进步神速，从早期的乱打一气，很快升级成了现在的攻守兼备。

如果金庸老爷子看到他们现在的比试，我相信他一定会做出如下叙述：

蛋挞和P仔相距一丈，脚不沾地地踏着方步，屏气凝神地盯着对方的一举一动，他们显然都深得《独孤九剑》以静制动、后发而先至的要义。因为他们再清楚不过，高手间的较量胜败往往只在一念之间。

这个时候，蛋挞突然笑了，他露出了轻视对手的笑容。

就在他上扬的嘴角咧到耳根的一刹那，P仔跳了起来。看他凌空出掌的架势正是少林派韦陀掌的杀招——黑虎掏心。

相应地，蛋挞也同样鱼跃而起。

两坨肥硕的身躯在空中擦出基情的火花！

而在旁观者的眼中，他们在空中的交手显然只是一瞬间的事情，黑白两坨肥肉一触即离——不过千分之一炷香的光景，他们又各自弹回原地，恢复到了之前对峙的状态，只留下大片的猫毛在空中轻舞飞扬。

没人知道他们在交手的刹那，其实已向对手挥出了千拳万掌。

现实的残酷往往超出
你的想象……

在这场争夺厕所使用权的比试中，蛋挞笑到了最后，他得意洋洋地朝厕所走去，在进门的一刹那，他尴尬地……卡在了门框里。

《卡门》的音乐适时响起，"侠之胖者"果然名不虚传。


## 稳婆

我相信，每个人出生的时候，上帝都会给予其一到两个技能点，用以开启不同的技能。

有的人天生擅长跑步，有的人天生擅长画画儿，有的人天生擅长扯皮……都是因为在出生时点了相应的技能点，通俗地说，这就叫天赋。

我浑浑噩噩活了二十余载，一直搞不清自己当初究竟点了什么技能，啥啥不会，样样不行。

直到养了喵星人，接生了一回猫崽儿。我在接生时所表现出来的老辣熟练，才让我恍然大悟——小爷我出生的时候定是点了"稳婆"这一技能！

虽说有个擅长的技能是好事儿，但一个大老爷们儿被点了稳婆的技能，这让我情何以堪！

在确认了自己的天赋后，我调整心态，觍着老脸将此技能发扬光大，四处给喵星人接生，成活率之高能令阎王爷多毛，人送外号"妙手发春"。

我现已将我多年来的接生经验整理成书——《那些年，我接生过的猫崽儿》，希望它能造福世人。

# 【大叔×Dog×Cat】

从猫狗是世仇的角度考量，家里在养了狗的前提下又去养猫，那一定是这家的主人疯了。

我想义正词严地告诉持有这种观点的人，你大错特错了！不是这家的主人疯了，而是这家子全疯了……

## 逆境求生

当家里入住第一只猫的时候，王宇宙一定没料到这仅仅是她灾难的开始。她吐着舌头，露出没心没肺的笑容，浑身上下透着一股子浑然天成的二劲儿。

之后，家里又陆续住进了两只猫，这俨然到了王宇宙所能承受

的极限，她的笑容变得越来越勉强。

　　当家里住进第四只猫，而且一看就不是个善茬儿的时候，王宇宙的笑容终于僵死在了脸上……

　　王宇宙非常清楚自己现在的处境非常危险，喵星人是这个宇宙

中最神经质的种族，没准儿哪天心血来潮就把她虐杀了。为了能在这个世界"狗活"下去，她采取了一种毫无尊严的战术——把自己伪装成一只猫。

每当看到王宇宙学猫用爪子洗脸时，我就特别想点醒她——你用黑爪子洗脸只能是越洗越黑，咱别费劲儿了好吗？当然，我没有这么好心，我通常的做法，就是在她洗完脸后对她进行毫无人性的嘲讽。把自己的快乐建立在她的痛苦之上，我感到很满足。

不过话说回来，这帮喵星人也不知是真傻还是装傻，王宇宙的战术最终还是奏效了。

看着她现在和喵星人打成一片的架势，我由衷地替汪星人中竟然有她这样的败类，而感到痛心疾首。

## 跨越种族的孽缘

自打王宇宙和众喵星人打成一片后，她和蛋挞的关系迅速升温，更放肆地在我的眼皮子底下滋生出了跨越种族的孽情！

当我每天看着一只公猫跟一只母狗相依相偎时，只有两个字能形容我当时的感受——畜生！

对于这种没羞没臊的生活作风，我想我理应予以其最无情的打击。

于是，我将他们每日缠绵的过程录成视频，上传到了微博上，我的目的非常简单，我要让他们这双跨越种族的"破鞋"

溺死在人民群众的唾沫星子里！

　　视频一经发布，立刻引起反响无数，但事与愿违的是，竟然好评如潮。在一片祝福声中，王宇宙和蛋挞变得愈发肆无忌惮……

　　一计不成我另生一计。为了彻底绝了他们对彼此的念想，我打算挥慧剑斩情丝。

　　在一个月黑风高的夜晚，我带着蛋挞走进了一家宠物医院，随着一声高亢的惨叫，蛋挞蜕变成了蛋挞公公。

　　那天晚上，我做了一个奇怪的梦。

　　梦境里，朱丽叶对着罗密欧大声哭喊：小丫挺的，你都能练葵花宝典了，我们还有什么可谈的！

【End】

王宇宙（慵懒地躺在床上）：那二缺主人终于写完了？喵。

蛋挞（下床穿衣）：我去瞧瞧，你在床上乖乖等我。

P仔（惨败在蛋挞手下后正在钻研某本武学秘籍）：欲练神功，必先自宫……吗？答案是，不需要！只要勤奋，谁都能成为高手！

大眼妹（对镜贴花黄）：就他那模样，还好意思约本姑娘出去耍，他脑子怎么想的？

Dollar（一脸无奈）：关键你还是去了，你脑子怎么想的？

我：……

# 你是我的温暖 /青罗扇子

当红青春作家，狮子座，

人生已经二十有余，

仍相信梦想、希望、信念这些美好的力量。

代表作：《重生之名流巨星》。

# 1

　　某个深夜，友人给我看了一段图文。

　　一只小小的哈士奇被逼在洗手间的角落里，毛茸茸的小爪子鲜血淋淋，图片上写着："很疼，他难受得低喊了一声，却被主人烦躁地一脚踢开。"

　　下一张照片上，小哈士奇蜷缩着，眼神哀哀的，烟灰色的短毛没有了光泽，白色小爪子下流出的血越来越多，带着腥味儿的血溅满了冰冷的地板。

　　"这一次比上一次更疼。主人是生气了吗？他很茫然，却不敢再动弹，只能卑微地垂下头低低悲鸣。不懂，为什么会被这样对待……舔一舔，可能没那么疼了。

"可是，还是好疼啊……

"为什么这些红色的东西越流越多。"

小哈士奇呆呆地仰起了头，眼睛里有害怕，有茫然，更多的是不懂。血迹残酷而凌乱地铺满了整个地面，那么多，比它整个身体的面积还要大……

"妈妈说，他很乖的话，主人会很疼爱他的。他一直很乖啊，也没有咬人。为什么要被这样……可是，他的哀求跟悲鸣，是个笑话。"小哈瑟瑟发抖，被锐器截穿的脚掌疼痛不已，而他的主人却再次一脸狞笑地看着它。

一只耳朵，被残忍地割了下来。

他现在只剩一只小耳朵了，另外一边只有一个残缺的、冒着鲜血的洞……

"他终于有些生气了，试图咬对方一下作为警告。这个举动激怒了对方，他被重重地一脚踢在墙面上！血沾满了墙角的每一个角落！他再也，站不起来了……

"至死的那一刻，他都不懂，自己究竟做错了什么……"

整组图片终于像冬日的雪变成了一片蒙蒙的灰色。看到这儿，我早已压制不住心里的悲愤，拼命敲打着键盘，好像这样就可以让时光回流，让小哈不会那么痛苦地死去一样。"太过分了！太过分了！怎么可以这样！这个虐狗的人怎么可以这样！他们难道就没有一点点怜悯之心吗？他们怎么下得了手做这种事儿！"

我无法理解！无法换位思考这些人疯狂冷漠的心态。

图片中小哈隐忍哀戚的小眼睛还浮现在我的脑海里，我的心底腾起一阵又一阵的愤怒和悲伤：为什么有人会仗着自己比这些弱小的动物高大有力，就这么肆无忌惮地残忍地对待他们？为什么这些可怜的小动物明明一点儿错都没有，还要被这些人虐杀……

无数回忆在我的脑海里翻腾。

哪怕最后友人告诉我，这对虐狗的夫妻已经被人肉出来了，我还是很不开心，整颗心像是被一块石头压得沉甸甸的。

因为弱小，所以就要被欺负吗？


## 2

我想起一只叫丑丑的狗，他是我一个同学养的。

在年少而茫然的青春岁月里，你会分不清什么是真正的友情。可能每天跟你一起去食堂吃饭，每天一起上自习的人就可以成为你的"朋友"。那时的我，从来没仔细地思考过这个词的意义。背负着暗无天日的压力，好像只要周围有同样抱着浮木求生的人，那种不孤单的感觉就比一切来得重要。

可是，有些错觉，日后总有被纠正的一天。

她同我讲起过她家那只叫丑丑的狗，说他长得很丑，很呆，很不懂事儿，经常咬坏她的拖鞋。又说邻居养了一只非常活泼漂亮的白色博美，身形小巧，模样甜美，白色的毛发蓬松典雅，像芭蕾舞者那样迷人。邻居对这只白色博美无比宠爱，亲昵地取了一个十分有古韵的名字"踏雪"。但是踏雪很喜欢跟她家那只毛发凌乱的小丑狗一起玩儿。每次她都能听到邻居有些气愤地喊踏雪回家，好像踏雪跟丑丑玩耍是件非常丢脸的事情。摸索出邻居的这种心态后，有几次她故意在对方面前说道："哎呀，你家踏雪又来找我们家丑丑了。专门围着我们家丑丑打转儿，我们家丑丑又不喜欢她……"把邻居的脸都气绿了。

当时我只是当趣事儿听，觉得很好笑。

直到我去她家做客，才知道并非所有有趣的事情背后都是愉快的日子。那只叫丑丑的狗，真的不太好看，身上的毛都被剃了，坑坑洼洼的一片。见我们来，马上躲到了一个小角落，耳朵耷拉下来，连看人的眼神也都是怯怯的。同学一扬下巴，叫道："过来！"他迟疑地看了看，没有动。我并没有觉得什么，可是同学似乎觉得被冒犯了，再次大吼："过来！"声调高了好几倍。我诧异地看了她一眼，在我印象里，她大多数时候都是脾气不错的一个女孩子，这种语气语调都很少。

大概是意识到了什么，丑丑迈开四条小短腿赶紧紧张地跑了过来，湿漉漉的黑眼睛有点儿惶恐地望着我们。同学俯下身，抚摸他一下，仿佛是对他的表现表示奖赏，只是刚刚抚摸完，接着突然抬脚踢了他的肚子一下。丑丑很低地叫了一声，但好像因为隐忍惯了，知道不可改变，就再也不叫了。同学的这个动作让我愣了一下，这不就是给块儿糖再打一耳光吗？可是这只狗并没有做错什么事儿啊。

同学不无得意地炫耀道："丑丑很听我的话，我不开心就踢他！"我顿时有种不可置信的感觉，怎么平日里一起上自习的同学会有这样的一面？难道是因为这是在她家，一个她熟悉、可以完全掌控的地方，于是就放下了所有的面具吗？她继续道："有时我妈都说，你别欺负他了，你看人家在好好吃饭，你去踢他一脚干什么？搞得他从客厅嗖的一下子蹿到卧室躲在门后不敢出来了。不过，你知道最好玩儿的是什么吗？就是这只狗特别笨，他以为躲在门后就没事儿？他不出来我就喊：'丑丑出来，你出来呀，我再也不打你了，我留了火

腿肠给你吃。'然后等他出来我再一脚踢过去……"

她的唇在我眼前一张一合。

以往熟悉的同学，用一种我完全不熟悉的口吻和眼神叙述着这些。

我像个陌生人一样打量着她，维持着陌生人之间的客客气气。邀请朋友来自己家，是为了增进双方的感情吧，可是她所做的一切却将我们曾经的情谊完全打碎了。

一个连自己的狗狗都不爱护的人，怎么会善待他人？一个将所有的怨恨发泄在自己狗狗身上的人，又怎么会善待自己的人生……

"你看他的毛，是我剪的。夏天热，我这是为他好。不过他这样可真是名副其实，越来越丑了……"

我看了看那只全身金色长毛被剃掉的丑丑。

他瑟瑟地、有气无力地趴在地上，只有在主人一边说他越来越丑一边大笑时，才抬起湿漉漉的眼睛看了我们一下。或许是这种情况经历得太多，自尊和宠爱于他本身就是难能可贵的字眼儿。所以最终，丑丑只是将脑袋靠在他那被剃得坑坑洼洼的身上。

他的全身弥漫着一种悲伤的气息。

可他的主人从来都看不到他的悲伤。或者，正是他的伤心才让他的主人更加开心。

自尊和宠爱于他本身就是难能可贵的字眼儿。

## 3

很久没有跟她联系了。

那天离开的时候，我忍不住劝她，别踢丑丑了，他也挺可怜的。而对方无所谓地开口反驳，一句"你没养过狗你不懂"，就将一切摒除在外。从那时起，我下意识地与她疏远。找不到志同道合的伙伴或许是件挺寂寞的事儿，但是昧着良心佯装没看过她丑陋的这一面，我也根本无法做到。

她自然感觉到了我的变化，有时碰面了对我嗤笑一声。

我知道那是她的不满，是对我的嘲讽，可有些东西，我的内心也有坚持。

看到虐狗这件事后，我又想起了那只叫丑丑的狗。我知道她必然不会如这对虐狗的夫妻这么极端这么残忍，可我还是在想，丑丑如今过得好不好？如果当初我在同学家做客的时候，就直接拦住她，让她不要踢他，现在又会怎么样……

想了很多很多。

终于，我再次联系上她，表示要去她家做客。尽管我们之间关系已经很淡，但她还是同意了。

现在我们两个人都已入社会，我们再也不像两年前那样，一副青涩单纯的学生模样。我穿着得体的职业装高跟鞋，拎着水果篮，她穿着领口很低的T恤衫和牛仔蕾丝边热裤，踩着人字拖，露出大把的好身材，中分的黑色长发和红唇，像是所有又颓废又美貌的女青年。她接过水果篮随意地放在矮柜上，接着躺回沙发里，继续涂着指甲油，将脚指甲涂成黑色。

客厅的茶几上是一堆罐装的啤酒，有的空罐子横斜，有的散落在地。

"你怎么想到来看我？"她推了一罐在我面前代替茶水。

"就是想……看看你，看看丑丑。"我四下搜寻着丑丑的身影，但是怎么也没找着他，心里有些不安。

她笑了一声，颇有深意地看了我一眼："你这个大忙人来看我，我还真是受宠若惊。"

我正惊讶于她怎么会这样说话，她接着拉开啤酒罐的拉环，硬是跟我碰了一下，猛吞一口。我不想喝酒，但是此时也不得不客随主便。我一口还没下咽，她就冷笑一声："你是故意来看我失恋的样子吧？"

我一口啤酒差点儿呛到了。

我没想过，我选的时机竟然会这么敏感，连忙摇摇手："我不知道，我真的不知道……"

　　她眼神怨恨地看着我，那是一种不想让人看见她这副模样的恨意，以及一种遮掩不住的颓废和脆弱。她不再说话，整个房间只听得到她大口大口喝酒的声音，一罐又一罐，像是在发泄，又像是在惩罚自己。

　　我这才明白，为什么她的茶几上全部都是啤酒罐。

　　在我来之前，她到底已经喝了多少啊？

　　我看不下去，过去搂住她："别喝了，别喝了……"

　　她越喝越快，喝得几乎崩溃了，最后恍恍惚惚地趴在我怀里，又是闹又是哭泣。天色渐渐暗了下来，夜晚安静萧杀。她断断续续地讲述她的分手经历，讲对方的负心，她像一头负伤的小兽，在陷阱里嘶哑着嗓子喊着，最后她枕在了我的腿上，烫得惊人的眼泪顺着我的大腿往下滚动……

　　我拍着她的后背，用手指梳着她的发，有一下没一下地梳着，像照顾婴儿一样抚着她。

　　她的脸被遮在阴影里，喃喃地说："你是这些日子第一个来看我的人，第一个……"

　　她的睫毛刷在我的腿上，湿漉漉的，让人有种怜惜的感觉，有一瞬间，我似乎觉得可以原谅她的一切了。

　　可就在这个时候，丑丑拱开纱门，从院子跑到客厅里来了。不知道是不是曾经被剃毛的缘故，他身上的淡金色毛发一点儿也不顺滑，可能一生都跟漂亮无缘了。我一眼就看见了他，轻呼一声"丑丑"。他歪着小脑袋，像是记得我一样，摇晃着小尾巴朝我跑来，我

有些东西，我的
内心也有坚持。

弯下腰正要去抱他，但同学比我更快，飞起一脚就把他踢翻了！

"你在干什么！"我情不自禁地站起来喝道。

我从没想过，两年过后，她竟然会变本加厉！刚刚所有积攒起来的对她的内疚和伤感一下子如浮云全部散开。

丑丑在地上滚了两圈儿，重新爬了起来，他没有受伤，可再也不敢靠近，只敢躲到一旁的小角落，黑色的小眼睛小心翼翼地望着我们。难怪我进来这么久都没有看到他，因为他知道进来就是这个下场吧！有什么比失恋的主人还要可怕？可我偏偏喊了他的名字，害他过来被这样对待……

我自责地咬了咬唇。

"这是我的狗，我想怎么对他就怎么对他。"同学毫不在意地说道。

"你受了伤会痛，难道他就不会痛？你被人伤了心会难过，难道他被你伤了心就不会难过？"她作势还要过去踢他，我一把拉住她的手。她猛地一回头，眼睛里是极大的愤怒和对我的失望。

大概她从没想过，我会这样类比，会这样戳她的痛处。

"我是他的主人，我有权力决定怎么对他。"她神情一变，刚才脆弱的神情不再，脸上有着这两年时间积攒出来的，我不熟悉的表情。

她踩着人字拖，朝着丑丑走去，黑色的指甲在灯光下有种冷峻的力道。我几乎可以预见待会儿要发生什么事儿，几乎可以听见待会儿丑丑的惨叫，我甚至记起有一次她说过她非常不高兴的时候还会拿剪子戳他，我连忙用力扯着她的胳膊不让她走近丑丑。

当年没有制止的，现在开始制止来不来得及？

当年因为顾忌虚伪的礼貌，只是轻描淡写地劝告，现在全力阻拦反对，还来不来得及？

"你不是很想别人好好对你吗？你刚刚不是还说，希望周围的人都爱你吗？可你看看你做的，你的丑丑那么爱你，那么信任你，你喊他来他就过来，你让他叫他就叫，可是每次一来，你就踢他，每次给他顺毛之后接着就是重重一脚，欺骗别人的感情很好玩儿吗？欺骗别人对你的爱，很好玩儿吗？你说过他很笨，是的，他就是笨，才会一次又一次地相信你！可是你不能再这样下去了，任何信任，任何爱，都有用光的一天……"

"你觉得你了解我吗？你凭什么对我指手画脚？我的事情不用你管！"她大声反驳。我们之间第一次弥漫这种尖锐而紧张的气氛，"不就是找了一个好工作，呵，就有了人道主义的优越感？你有空儿管狗，怎么不管管其他动物，你每天猪啊，鸭啊，不照样吃？怎么不管管你自己……"

灯光在我们头顶冷静地照射着，丑丑小心地躲在一旁，我们俩则像陌生人一样，生硬地相互指责着。

我都没想到，我的工作居然会成为被指责的一部分。

她觉得那个工作很好吗？她知道被卷入几个部门的权利斗争中对我来说是多不适应吗？她觉得每天职业装，主持会议很光鲜吗？她知道被迫看一大堆完全不懂的专业书，为了对时差一加班就是凌晨一两点才能回家八点半就得上班，到现在还严重内分泌失调有多吃不消吗……

她不懂。我也不想再说了。

反正每个人看到的，都是他人光鲜亮丽的一面，并且觉得对方之所以得到这些，并非因为努力，只是因为运气。

"既然，你不喜欢他，那就把他给我吧。"良久的沉默之后，我淡淡开口。

我可能真的没办法扭转她的观念，也没办法在我不在的时候制止她的行为。

我无法顾及这世上每一只被虐待的狗狗，我也不觉得自己是出于什么人道主义，我只是个普通人，我也只希望，在我看到的时候能尽一份力而已。

"五千块。"

我诧异地看向她的眼睛。

"可你要他不是吗？"她又狡猾又轻蔑地笑，"为了防止……被我虐待。"

## 4

我笨拙地把丑丑抱回我的公寓。

他似乎不知道发生了什么事儿，在陌生的环境里一动也不敢动，黑溜溜的圆眼睛呆呆地看着我。我蹲下身子，用手指轻轻摸了摸他的小脑袋，我甚至能感觉到他在微微发抖。我对他说："以后我来养你，好吗？"

他不说话，只是沉默地看着我。

我继续抚摸着他，轻轻地在他的背上一下又一下地摸着。之前没有近看还不曾觉得，如今却发现，他竟然这么瘦！瘦骨嶙峋的，只有外面一层新长起来的浅浅的淡金色毛。

我心里一下子更加怜爱伤感起来。

事实上，在把他抱回来的路上我还觉得自己太冲动了。虽然丑丑的前任主人不称职，对他不好，可是养狗是件责任重大的事儿，好多人只是最开始心血来潮想养一只，等新鲜劲儿过去了，或者要搬家要生宝宝了，就不想要他们了。

我在指责对方的时候站在道义的立场上。

可她再不好，也养了丑丑两年，如果不是我开口，她是不曾想过要丢弃的。

她之前有句话说得对，我没养过狗我不懂。现在轮到我当主人，万一我没有养好丑丑，万一我做得更糟糕，万一丑丑更加不开心，该怎么办……

我在路上一直很担心，很担心。

可是这一刻，看着他瘦弱的小模样，我突然有种我一定会努力做好的使命感。

我必须做好。

"你看，我没养过狗狗，也不知道怎样才能当一个好主人，我好担心养不好你。我知道，你们狗狗每晚是要去散步的，可我工作很忙，我真担心没办法做一个称职的主人。但是，我保证，我一定会好好照顾你，会努力找时间陪着你，我会保护你，绝不打你骂你，把你养得精精神神的，好不好？"

他黑溜溜的眼睛望着我，像是在考虑，又像是在狐疑。

那一刻，我心底生出一种冲动，继续说道："如果你答应，就朝我叫几声吧。"

——朝我叫几声，就表示我以后一定能成为一个好主人。

丑丑是不太喜欢叫的，因为每次一叫都会招来更多的拳打脚踢。

可是那一刹那，在我们四只眼睛相互凝望的那一刹那，他好像突然听懂了我的话，吐出舌头舔了舔我的手，我先是一惊再是一喜，而丑丑已经仰起小脸对着我"汪汪"很精神地叫了几声，叫得我的心都化了。

我从不知道，原来一只狗狗信任的叫声会让人感觉这么好，这么温暖。


5


我承认，我是个新手村的菜鸟主人。

狗狗的生活习性、吃饭、玩耍、散步，我一点儿也不懂。但是为了丑丑，我拿出了比工作还要努力钻研的干劲儿，一有时间就在网上搜索"如何照顾狗狗""狗狗最喜欢吃什么/玩儿什么"……泡在养狗贴吧和城市猫狗论坛里，把有用的信息整整齐齐地罗列在word上，一一打印出来。

我列了一份清单，关于狗狗的必需品，又写了一份关于如何在日常生活中照顾狗狗的注意事项。每做到一项，就在上面用红色的记号笔打个小钩儿，要是发现了他有什么喜欢或不喜欢的，就记在一个小本子上。

我给丑丑买了可爱的狗窝、印有骨头的狗链，还有小狗爪形的狗盆、磨牙的玩具、滴眼睛的药水、带驱虫功效的宠物香水。刚开始的时候，他羞怯怯地不敢动，于是我便把狗粮放到食盆里，自己躲在转角处。

过了好一会儿，丑丑才轻手轻脚地来到了他的新窝跟前。

他用爪子好奇地拨了拨玩具，四处嗅了嗅，最后低头吃起食盆里的狗粮来。

我长长地舒了一口气，第一次有了种带孩子的感觉。

他开始渐渐熟悉我，后来我一倒狗粮，丑丑就乖乖地来到食盆前，即便我在旁边，他也会慢慢放心地吃起来。可能是之前有阴影，刚开始吃饭时他都异常紧张，总会时不时地瞅瞅我，大概是害怕被突然踢飞。

我收好家里一切巧克力制品（狗狗不能吃这个，曾经有狗狗吃了主人随手丢在垃圾桶里的巧克力，结果死了），按照论坛上说的，在新的环境里过几天才能给丑丑洗澡。有的狗狗很讨厌洗澡，但是丑丑却很乖。泡水，上沐浴露，洗得全身都是白色的泡泡，淋了水的他毛都粘在了一起，显得特别二，但他一点儿都不知道，一直安安静静地待着，像个天然呆。

唯一比较麻烦的地方就是，他似乎不知道该在哪里上厕所。

刚来的几天，经常一下在这里尿尿，一下在那里便便，每到这个时候，我就跟在他后面清理。我把他带到厕所里，不停地对他说："你要在这里便便知道吗？"他呆呆地看着我，我好担心他听不懂。我按照网上的提示，先观察他的小动作——如果要小便，就会不停地嗅嗅，大便则会转圈圈。这个时候我就带丑丑去厕所，再喷一下诱导剂，等他上完厕所我就摸摸他的头，奖励表扬他一下。几天之后，丑丑终于知道如何上厕所了，他自己似乎也很骄傲，高兴地扬起小尾巴。看着他的小模样，我也超有成就感。

我以为日子就会这样日复一日地过下去。

直到有一天，我做完工作后，看到丑丑很安静地趴在房间的角落里，远远地望着我，整晚都没怎么叫唤过，我这才觉得哪里有点儿不对。论坛上说，狗狗一般喜欢蹭主人的腿，可是他却离我这么远。

我突然意识到，即便我把他带到了一个新的环境，可他以前的创伤还在。

对他来说，靠得近就会挨打，所以他已经习惯了躲在角落，即便其他的狗狗都喜欢蹭主人。

喂狗粮、带他散步，给他买玩具、洗澡，是不够的。

我必须付出更多更多的爱，才能让他远离以前的阴影。

他孤单地趴在小角落里，丝毫不知道我的想法，看我走近，黑溜溜的眼睛闪过一丝不安的光芒。事实上，每当他看到其他人抬起脚的时候，他的耳朵都在颤抖。

我蹲下来，抱起他，表示我不会伤害他。

"我给你换个名字吧。"换个名字，有个真正的新的开始。

"叫萌萌吧。"

我要给你取个世界上最有爱的名字。

让你无论以后是跟踏雪那样的白博美一起玩儿，还是其他的边牧贵宾哈士奇玩儿，他们的主人都不会因为你的名字而嫌弃你。他们会知道，你永远是你主人眼中的珍宝，最最被宠爱的狗狗。

"你以后不用离我这么远。"

我不会伤害你。

我会一直一直保护你。

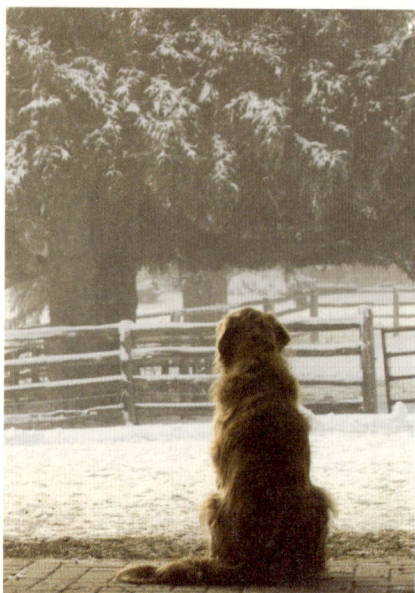

他被压抑得太久了，好像连叫都是种过错。

# 6

我把萌萌的狗窝拖到我的床边，让他离我近点儿更近点儿。

开始的一段时间他不习惯，总是想躲着我，每次我一抬脚下床的时候，他就像惊醒似的，四条小短腿一咕噜跑到角落里，小尾巴夹得紧紧的，呆呆地看着我。我故意让他适应我扬脚抬脚的姿势，在他眼前做了很多次，暗示他即便我抬脚也不会踢他。为了让他更熟悉我的味道，我上网带着他，看电视带着他，要么把他放在腿边，要么就把他放在身边的沙发上。

他团成一团儿，毛茸茸的像个淡金色的小雪球。我们的味道混在一起，变成一种更默契的气氛。我看电视的时候，他也好奇地跟着看，有时就在旁边睡着了，我通常会把抱枕搁在他身上当被子。有时电视里出现了狗，他就会变得兴奋起来，叫两声，然后黑提子般的眼睛很紧张地看着我。

他被压抑得太久了，好像连叫都是种过错。

我摸着他的背，一边给他顺毛一边鼓励他："萌萌，多叫叫，我喜欢你活泼的样子。"

渐渐地，渐渐地，他不再害怕地躲在旁边，好像逐渐感受到我不会踢他打他，他开始试探性地跟着我。每次我一下床，他的小眼睛就睁开了，四只小短腿一蹬，摇晃着小尾巴跟着我一起起床。有时我起不来想睡懒觉，他就会跳上床伸出小舌头舔我，叫我起来。他开始变得特别黏我，我刷牙，他跟着我，我换衣服，他跟着我，有次上厕所我没有关门，他小身子一扭推开门进来了，黑溜溜的眼睛盯着我看，我顿时极不自在，朝他叫道："萌萌你个小色狼！"

他还呆呆地朝着我傻笑，真是个——二货！

有天晚上看电视的时候，我照例摸摸他的脑袋，抚摸着他的背，突然萌萌姿势一变，露出白花花的小肚皮，黑溜溜的眼睛望着我，好像在说："主人，挠我这里呀，主人！"

那一刻，我有种感动涌上心头。

因为我的小本子上清清楚楚地记载过：如果一只狗狗肯让你摸他的小肚子，那就表示他真正地信任你。

——他真真正正成了我的萌萌。

真真正正地认可了我这个主人。

从此以后，每天下班回来，萌萌会更加热情地朝我扑过来，汪汪叫着，早上我离开的时候，萌萌会歪着小脑袋，有点儿委屈地用水汪汪的眼睛望着我，好像在说："我舍不得你。"

他对我其实没有什么要求。

只要我对他好，他就会十倍百倍地还给我。

## 7

跟萌萌在一起变成了一件极其舒服而幸福的事儿。

冷冰冰的公寓因为有了他，仿佛多了一个活泼的小太阳，看着他淡金色的毛发、活泼利落的小短腿，闻着他身上的味道，我就有一种安心的感觉。因为工作很累，有时凌晨一两点回来我就直接倒头大睡，可是有天晚上，萌萌突然跳上床朝着窗户外面猛吠，叫得很大声。那是我第一次听到他哀哀怯怯之外的叫法。

我被吵醒了，有点儿紧张又有点儿不耐烦地抱住他，在这深更半夜的，我怕他把周围的邻居也吵醒了。

"萌萌，不要叫了。萌萌，不要叫了……"

我不停地说着，可萌萌完全不听我的话，还是叫得很大声，叫得很凶。

工作一天已经很累了，晚上睡觉还睡不好，搞不好到时还要被邻居埋怨一家一家去道歉……一想到这些，就心烦。我是真的有点儿生气了，完全不知道萌萌是为了什么，甚至觉得他都不为我着想，还不听我的话，越想越委屈，最后索性背朝着他不管他了。

我甚至打定主意，明天后天都不要理他。

可意外的是，第二天竟然没有一个邻居抱怨——大家更感兴趣更担心的是，昨晚十八层楼被入室盗窃的事儿。

虽然这个小区有很多监控器，但是小偷胆子超大，竟然从楼顶的煤气管道一层一层往下爬，顺着窗户进来（可能大家觉得是高层所以没有将窗户扣死）。十八层楼十七层楼都被偷了，就在小偷准备往下行窃时，被一户人家的小孩儿发现，才赶紧溜了。所有人听得心有余悸，指责保安不可靠，监控器也不管用。

保安很无奈地辩解："如果他从下面往上爬肯定会被录到，可是他走的是楼梯，而且是从楼顶往下翻……"

有位邻居问我："你也在十七层楼，昨晚没听到什么动静吗？"

我说："昨晚萌萌不停地叫，把我叫醒了。"

对方道："肯定是他（小偷）听到你家有狗叫，所以不敢偷你家。"

其他人知道后，纷纷夸我家萌萌懂事儿，懂得保护主人，吓走了小偷，高科技、保安都不顶用，还是狗最忠心护主。我一边听着这些赞扬，一边觉得对萌萌很是亏欠。那些一家三口的住户都被人入室抢劫，如果真的偷到我这儿，如果没有萌萌，我一个单身女孩儿该怎么办，会变成什么样……

萌萌当时一定是觉得不对，否则一向胆小的他怎么会突然拼命狂吠，怎么会违背我的话那样狂叫。

他所做的一切都是为了保护我，而我，昨晚还觉得他吵，担心被邻居埋怨……

我回到家，萌萌一如既往地跑过来，热切地朝我扑过来要抱抱。

我弯下腰，他顺势攀着我的腿爬到了我的怀里，黑溜溜的眼睛满是信任地看着我，好像只要我回来，这样抱着他，陪着他，就是他最幸福的事情。

我内疚地抚摸着他，向他道歉："萌萌，我以后再也不这样埋怨你了。萌萌，对不起。"

他伸出粉红的小舌头，舔了舔我的脸，好像从没计较过我对他的不公平。


繁重的工作终于让我吃不消了。

那天晚上八点一回来，我就额头直冒冷汗，胃部绞痛。除了经常熬夜加班之外，仅剩的周末不是被叫去赶项目的进度，就是陪国外客户，很多时候我真的只想要一场好觉，一场就好。

我很难受，家里还有快餐面，不想吃，叫KFC，一想到是油炸的，也不想吃。我浑浑噩噩地走到床边，原以为跟往常一样睡一两个小时，就会好点儿。结果一觉醒来，胸口不住地恶心，最后冲到厕所吐了。

难闻的味道，身体虚弱到了极点。

我一边吐着，眼泪一边顺着脸颊不断往下落。

那一瞬间，我整个人都脆弱到了极点。我不知道，这样的生活到底有什么意义，看上去好像是认识了不少厉害的大人物，获得了不少锻炼的机会，可是每天头脑里的这根弦都绷得紧紧的，我好怕当我停下来，这根弦就断了，更害怕，以后我所有的重心全在工作上，就连这里，这个容纳我的"家"，都只成了每晚回来睡觉的旅馆而已……

他从没计较过我对他的不公平。

想起在这个城市的冬日，因为没有暖气，脚上生了冻疮而后感染，我每天拖着疼痛难忍的腿，一瘸一拐地走着，每走一步都是煎熬。花了好半天才请了假，一个人孤零零地花了四十分钟挤公交去医院，接着排队挂号，在弥漫着浓郁的消毒药水气味儿的冰冷医院等了一个多小时，看脚上的伤却被要求静脉抽血检查去打吊针，划价下来一千多块钱。我看着单子笑了笑，又一个人孤零零地，在冬季萧瑟的寒风和雪花中，艰难地转去其他医院，忍着疼，忍着等……最后医生刮开腐肉，那种用尖刀刮开皮肉，疼得我浑身的毛孔都在打战的感觉，现在，依旧铭记在心，如潮水一般回荡在我的脑海里……

我无声地哭着，胃部像有人在狠狠地拧着，哭到最后整个人都哽咽了起来。

我不知道这样躺在冰凉的地板上第二天会不会死去……

就在这个时候，一个毛茸茸的家伙贴着我的腿，亲昵地蹭蹭。

他白色的小爪子飞快地跑到我身边，湿漉漉的眼睛哀哀地看着我，眼睛里悲伤得像要落泪一般。以前他被打时，也会露出这样的眼神。但是这一刻，我知道，他不是为了他自己，他是为了我……

他在怜惜我，在心疼我。

在我觉得自己好像被整个世界抛弃的时候，他在告诉我，我还有他。

我并非孤身作战，无人挂念。

他看着我，用粉红色的小舌头一下一下舔我的脸，像是从前撒娇那样，但是这一次我懂，他在鼓励我，让我不要伤心。

不管多么困难，他都会像现在这样，温暖地陪着我，一直到世界终结。

我一把搂住他，他小小的身体毛茸茸的，好像这样抱着，我就不再觉得冷，不再觉得疼……

所有的悲伤、脆弱，因为有了他，被治愈得平息了。

我一直以为，我才是他的救世主，我将温暖给予了他，可是在难受得快要崩溃的时候，我才发现，原来其实他也给了我同样的温暖。

## 8

合同到期后，尽管上司一再表明我还有上升的空间，薪水待遇会更加优渥，我还是辞职了。当我办完交接手续之后，周围的同事都表示不舍与不解，我只是笑笑，因为我想更开心地生活，更开心地享受人生，享受跟萌萌在一起，享受更健康的身体和快乐的心情。

这些是萌萌教会我的。

身为他的主人，我只有把自己照顾得好好的，才能把他照顾得更好。

我们在一起玩耍，有更多的时间去户外散步。

我从来不知道清晨的阳光是如此清新，也不知道傍晚广场上的草坪上有那么多的狗狗。我渐渐认识了对面那一栋楼的吉娃娃甜甜，楼上的萨摩耶公子白，还有同一个小区的一对情侣，他们每晚都会一起牵着两只金毛犬散步，公的叫Pitt，母的叫Jolie，这两只狗狗和主人一样甜蜜恩爱。

因为萌萌，曾经飞速旋转仿若陀螺的生活节奏慢了下来。

因为萌萌，那些曾因步伐过快而错失的美丽，曾因心情浮躁而错失的美景，重新一点一滴一花一叶地展现在我的世界里……

不久后，同学将五千块钱还给了我。

她承认她当时只是一时生气故意为难我——在她的想法里，有这些钱我什么可爱的狗狗买不到，何必去买她家那只丑丑的不好看的狗。

"我从没有想过要将丑丑卖给你。

"我知道我对他不好，可是，我毕竟是他的主人。他那么小、那么小到我家的时候，他第一次吃的饭就是我做的，我给他做的火腿稀饭，他可喜欢了……

"我一直以为你养不好他，那么到时我就可以名正言顺地带走他。我一直以为他会偷偷地跑回来……最终还是会回到我身边。我等啊等，可是……可是你却将他照顾得很好、很好……"

她望着丑丑终于大哭了起来。

第一次放下倔强的姿态，如同一个忏悔的、悔恨的孩子大哭起来。

"我以为，失去丑丑没有什么。

"可是最后我才发现，连最后一个无怨无悔地陪着我的，都被我弄丢了。"

我默默地看着她。

最终默默地蹲下身，抚摸着她的背。

也许，她曾经因为压力，因为坏情绪，或者因为一种欺凌弱者的优越感，所以一次又一次地对丑丑暴力相向。

人是善于保护自己的动物，只要发生过一次，你就无法伤害他第二次。

但是这些狗狗，这些视人类为主人的狗狗却不是。他们信赖着你，把自己交到了你们的手中。那样的全心全意。即便被虐待了，也依旧忠心耿耿地陪着你。可如果，有一天你连他们都失去了，那你的人生再也没有信任可言……

萌萌已经成了我人生的一部分，我不能还给她。

我让她收下那笔钱，再去买或者领养一只流浪狗。

可她只是失落地摇了摇头。她看了萌萌一眼，眼睛燃起一种期盼和希冀。我知道，她想让萌萌过去，想让萌萌再朝她叫一下摇摇尾巴什么的。萌萌认得她，只是意识到她的视线后，萌萌却摇着小尾巴往我的腿后钻。

那是多年来造成的阴影。

她终于苦笑一声："还是等我能够控制住自己的情绪再说

吧……"

我送走了同学。

像是完成了最后的一场仪式。

而在这场仪式中，改变的，是我、她和萌萌三个。因为萌萌，我意识到自己的生活需要更多的温暖，需要更好地去爱自己；因为萌萌，她终于意识到自己做错了什么，失去了什么。

在以后的日子里，每当吉娃娃隔着阳台朝萌萌汪汪叫，他的主人收好衣服对着我微微一笑；每当我牵着萌萌路遇那对牵着Pitt和Jolie的情侣，我们之间相互点点头；每当雪白的萨摩耶从楼道口经过，看到我就前爪一抬舒展他一人多高的身躯扑到我身上，萌萌嫉妒得又是叫又是咬我裤管，而美貌的萨摩耶只是优雅地低睨着他，眨着他美丽的白睫毛，他俊美的男主人有些腼腆地朝我道歉，我便有一种深深的感动：原本看似冷漠的小区，乃至整个世界，就是因为这些可爱的狗狗、这些温暖的宠物，才让我们大家有了一种见面会点头微笑、眼神里会传达着一种只有养过宠物的人才懂的友善与信任的默契……

曾经觉得行色匆匆的灰色世界，就是以这样一种又惬意又舒缓的方式回归到我的身边。

我们生活在狗狗们温暖的信任里。我们生活在爱里。

# 幸好共相伴 /春树

二〇〇四年二月成为登上美国*Time*杂志封面的第一位中国作家，

美国人称她为"新激进分子"。

代表作：《北京娃娃》。

# 1

　　话说夏日炎炎，做什么都不起劲儿。每天最喜欢做的事儿，无非就是伺弄家里的三只猫和看闲书。

　　我说的闲书是真正的闲书，可看可不看的那种，看了可能也得不出什么修身养性的好处，更得不出什么学问。它们统统被专家学者们斥为垃圾书，是为没什么事儿最好别看有什么事儿更不要看的书。但我喜欢看，这样的书最为有趣。它们中的一些想象力一流，有时你甚至会觉得这家伙的想象力实在太绝了，只是可能笔杆子差了一点儿；还有些是典型的没写好的好书，故事一流，只是架构太差，还起了个标题党的书名，最终只能流落到地摊儿或者是专卖盗版书的书店里了。

然后就是养猫大业。最近天开始热起来，开空调又太早，于是每晚入睡前都要折腾几小时。这几小时，我不是用来看电影就是用来看书，间或到客厅与我的小猫们玩儿一会儿。猫也和人一样，有不同的性格。有时候我看着他们甚至认为，这些天性生下来就注定了，很难后天改变。

　　有人说，有什么样的主人就有什么样的猫，我有三只，每只性格都不同。黑猫Caesar深得我宠爱，性格不卑不亢，活泼又爱亲近人，特别懂事儿，有时候看着他的眼神我就觉得我们两个在无声地交流。白猫Vanunu简直是"被害妄想症"附体，家里一来客人就跑得没影儿，平时也一惊一炸的，就好像别人会害她一样。其实我天天好吃好喝地喂着，万没有虐待的可能。新来的一只小花猫满身花纹，才一个多月大就来到我家里，来的时候饿得皮包骨。看她灵活动人，眼睛大大的，取名Miumiu。可惜她先前在外面流浪过，对生活没有把握，缺乏安全感，不太敢与人亲近，加之年龄太小，生性顽劣，刚来就把我的床尿脏了几次，害得我只好锁上卧室。当了猫妈妈，一碗水肯定要端平，尽管我内心有偏爱，也不会在饮食上表现出来。每只猫都有自己的饭盆，随时供应适合他们的猫粮。如果说猫的性格与主人相似，我只愿Caesar代表我的性格。另外两只可能也带有我的性格缺点，只是我不愿意承认罢了。

　　Caesar有时候也很顽皮，好几次被我抓到在床上尿尿，小淘气原来还在我的LV和瑞莫瓦的旅行箱里尿过尿，害得我用专门的去菌剂喷了半天才除掉味道。但至少，他让我意识到，这些物质的东西并不重要。在猫的眼睛里，没有金钱的概念，这些包无非是"物体"罢了。我和朋友开玩笑说，回头在我的LV手提包里倒进猫砂，专门给

生活最美，
莫不是有你们陪伴
的日子。

Caesar当猫砂盆用。

他们常趴在窗台上休息，每次看到他们，我总被Caesar的美貌打动——一身黑毛，四蹄踏雪，小鼻子旁边还有颗小黑痣，像极了希特勒与赵本山的混合体，浑身上下只有三种颜色：黑、白、粉，看着就让人心生怜爱。再看Vanunu和Miumiu，唉，一声叹息。

猫是可爱的精灵，但确实，不是每只猫都可爱。


## 2


关于猫到底要不要做绝育，网上许多人都在讨论，没有什么定论。做绝育是为了避免猫无休止地生育，同时也避免他们的生殖系统生病。而不绝育，在很大程度上是不忍心剥夺小动物的生育权利。Caesar在八个月大的时候做了绝育，当时我也是于心不忍，但没有办法，发情的公猫很容易离家出走，而外面的世界根本不适合家养过的小动物生存和成长，万一哪天他被做成猫肉串儿了该怎么办？

在Vanunu发情两个多月后，我最终咬牙带她去了诊所。母猫只能在两次发情期之中去做手术，所以她不得不受点儿苦。发情后Vanunu开始每晚嘶鸣、低声呜咽并逐渐消瘦。当她快瘦成一只非洲猫时，我带她去了动物诊所。

Caesar和Vanunu基本上是前后脚进入我家的，他们都是流浪猫，来的时候都不足两个月，都还是活泼可爱的小奶猫。但很快，他们便表现出了不同的性格特征：Caesar爱闹，爱亲近人，是只自私的小野兽；Vanunu像几乎所有的波斯猫一样，慵懒、害羞，像个高贵的淑女。Caesar一身黑，四蹄踏雪，网称"黑猫警长"。Vanunu一身白毛，两只眼睛一只深蓝一只浅蓝，说不出的妩媚。如果他们能生孩子，孩子应该也是特别漂亮可爱吧。可惜他们把对方仅仅当成是亲人，爱情什么的完全无感。并且，我不想他们再次沦为流浪猫，外面的环境对于家养过的动物来说尤其恶劣，光想一想就让我这猫妈不寒而栗。谁也不希望自己的宠物受到伤害，于是在小猫的生育自由和安全之间，我选择了安全。这曾让我痛苦不堪，正如英国女作家多丽丝·莱辛的《特别的猫》里车夫的质问："那些兽医怎么不想办法替猫发明一种节育方法呢？光只为咱们自己方便，就任意剥夺他们真正的天性，这根本就说不过去嘛。"

人类为动物做得太少了，凡事都围绕着"人"这个中心，对于动物们，如果不吃掉它们，已经算是最大的恩典了。发达国家的动物保护体制还算完善，作为还是发展中国家的中国，在保护动物方面，实在是做得太少了。

自从收养他们的那一天起，我就知道终有一天我要选择是否为他们做绝育。当他们小的时候，只知道玩耍嬉戏，我就知道有一天要面临选择。那时候只希望他们玩儿得再开心些，再懵懂些，不要太早面临长大后的无奈。我为他们选择了最优秀的动物诊所，希望他们少受些苦。人与动物间的缘分是珍贵的，他们选择了我家作为他们的家，选择了我作为他们的亲人，我就一定要照顾好他们。人与动物都只是地球上的客人，没有孰轻孰重之分。可仅仅是因为人类掌握了地球，别的动物们就不得不退居二线，丝毫不被保护，这根本说不过去。但愿有一天，人与动物能够共享这一切。

也许就像体会过真爱，从此看所有人都不再一样。

只希望他们再开心些，
再懵懂些，
不要太早面临长大后的无奈。

### 3

邻居送了我一只刚从街上捡回来的虎斑小猫，脸又大又圆，身体瘦小，看起来简直不成比例。她看起来才两个星期大，在流浪的那段时间，她肯定吃了不少苦。我们为她取名Miumiu。不知道为什么，就觉得她很适合这个名字。

Miumiu太没有安全感了，她与另外两只猫始终无法亲近起来。吃饭的时候她明明有自己的饭盆，但她宁可去抢别的猫的猫粮。平时她就缩在角落，根本不愿意出来。她不像Caesar一样热情，也不像Vanunu一样害羞，她对人有警惕心，根本不愿与人亲近。如果我要去抱她，她肯定百般不让，并且会伸出有长指甲的猫爪。我的胳膊就

被她的利爪挠过好几次。

　　说来也巧，我的朋友咒颀却偏偏喜欢上了她。按她的话说，Miumiu带着劣根性，野性难驯，很像她的闺女。她特别想要Miumiu，可惜她与人同住，对方根本不喜欢小动物，再加上她的收入也不稳定，不可能再养猫。

　　自从她离开原来的住处，住进了我家附近的一家国际青年旅社，事情就有了转机。青年旅社的二楼是个大咖啡吧，有一个阳台，咖啡吧的服务员们都很喜欢猫，只苦于自己没有，所以只能常常管人借猫来增加热闹的气氛。咒颀决定收养Miumiu，就寄养在青年旅社里。那里的服务员们都喜欢猫，并且Miumiu一个人为老大，不会再跟别的猫打架，小日子应该会过得不错。

　　把Miumiu抱到青年旅社的那一天，在场的服务员都很高兴，找猫粮的找猫粮，找猫砂盆的找猫砂盆，咒颀也笑得合不拢嘴。我松了口气，咒颀如愿以偿，青年旅社喜迎新家人，这不失为一个圆满的结局。哪知只过了几天，咒颀打电话过来，说Miumiu失踪了，她找了整整一天，把几层楼都找遍了还没有，她急得哭红了眼……

几天后，我问咒顾找到Miumiu了吗？她兴奋地说找着了，原来Miumiu没有跑，只是一直躲在一张沙发下面。我明白了，这是她刚到一个新地方害怕，需要自己躲起来确定一下环境，等安全了，自然就会出来的。

然而那里终究没有留住Miumiu，或许是她太早就被抛弃导致毫无安全感；或许是她害怕再次被人抛弃；或许是她讨厌那里人来人往的环境……总之没多久，咒顾就说再也找不着Miumiu了。哪怕是咒顾对她无限的宠爱也温暖不了她的心灵，她还是走了，不知道去了哪里。猫砂盆与猫粮都一如既往地放在原处，可咒顾说再也没有见到过Miumiu。

## 4

自从家里有了猫，我在路上也会情不自禁地看猫。

以前我不喜欢猫，更不觉得他们有什么可爱。现在我完全被改变了。也许就像体会过真爱，从此看所有人都不再一样。有了Caesar和Vanunu，我体会到了当母亲的感觉，他们激发了我的母性，让我开始关注这些小精灵的世界。有时候我会躺在地上，躺在Caesar旁边，突然我发现原来空间这么宽广；有时候我会试着用他们的视线来观察环境，这简直是个返老还童的过程。

我再也不想到处乱晃了，如果有时间，我宁可宅在家，陪我的猫。

或者说，让我的猫陪我。

# 相依

【拼音】

xiāng yī

【释义】

互相靠对方生存或立足。

# 为了你，一切都值得 /王雄成

八〇后主编，图书策划，小说作家。

代表作：《青春之冷》。

·

# 1

　　——生了吗？

　　——还没有。

　　如果你在二〇一二年三月底听到朋友这样问我，而我又有些焦虑地如此回答时，请不要误会我是准备好做爸爸了。我喜欢小区里邻居家的小孩儿，看到时总会逗他们玩儿。虽然小孩子纯真的笑容让人心情愉悦，但是让我们自己家生一个，哦，那还是算了吧。小孩子都是外星生物，显然我还没有拓展外太空的计划。

　　事实上，我快要做外公了。

　　大约是两年前，我家迎来了两只喵族生物，Loki和萨提。Loki是一只雄性的渐层英短猫，性格哆得要死，见人各种撒娇各种无下限求爱抚，用一个词形容他就是"娘透了"。而萨提是一只雌性虎斑折耳猫，待人清冷，像是威风高傲的女王。

在最初的考虑里，他们一公一母，正好配成一对儿，成长过程中不会寂寞，还能生儿育女。只是天不遂人愿，萨提似乎很看不起娘透了的Loki同学，他们的相处模式更加像是……一对闺密。

萨提一岁多的时候有了正常的生理需要，Loki用事实证明了他不是gay（同性恋）——满屋子追着萨提跑。那阵子刚好有长辈住在家里，看到如此场景，眉头皱起来说："这太不雅观了。"我记得小时候看电视，电视里有亲热镜头时，父母也是这种表情。那时还会有点儿不好意思，只能从指缝里偷偷看。而现在看到他俩在眼前想完成传宗接代的程序，却没有一点儿要避讳的意思。长大真是件神奇的事情。

这之后墨小兔同学就经常盯着萨提的肚子看，偶尔还会把她拎起来仔细研究。

"你说萨提的肚子是不是大了些？"

"嗯，好像是呢。"我回答道。

事实上，若干天之后，萨提的肚子还是那么大。我们只是潜意识里希望萨提怀上猫宝宝，所以觉得它的肚子在变化。

萨提没有怀孕，Loki的追逐依然在继续。这种情形每隔一两个月都会重复 次，Loki虽然证明了自己不是gay，却始终没有脱掉处男猫的帽子。而萨提也跟着受累逐渐变成了老姑娘。

我脑海里冒出个猥琐的想法，对墨小兔说："要不然给Loki看看岛国性教育片？"

"去你的吧，我打电话问下小琪。"墨小兔说。

小琪是个开宠物店的姑娘，Loki和萨提就是从她店里抱回来的。

针对萨提始终不能受孕成功的情形，小琪给出的答案是：有些猫不太会交配，需要人工协助，下次萨提再发情，你们可以考虑按住萨提让Loki得逞。

这……多少有点儿助纣为虐的意思，如果萨提真的看不上Loki的话。

我们并没有按照小琪的方法做，想了想还是顺其自然吧。墨小兔一直心存期许，只要萨提不再处于活跃期，她就会盯着萨提的肚子看，希望捕捉到一点点猫宝宝的迹象。我嘲笑她像是一个想早点儿抱孙子的农村婆婆，生怕她说出那句"只知道吃不知道生"的经典台词。

"我只是很想玩儿小猫而已，他们太萌了。"墨小兔反驳道。

## 2

有必要自我介绍一下，我在一家出版公司工作，偶尔也写些小说。因为工作很忙，下班的时间并不固定。即使下班了，回到家还是会打开电脑，有时候并不是处理工作上的事儿，只是习惯了在网上闲逛。这种生活习惯让墨小兔很不爽，她责问我："你工作是为了什么？"

"为了你啊。"矫情地回答。

"说人话。"

"为了更好地生活吧。"我想了想。

"可是你这样哪还有生活可言？你的生活就是一台电脑啊。"

已经很久没有这种感
觉了，是心酸，是感
动……

对于这种批判我无力反驳，好像生活真的掉进了网络世界里，从一个链接到另一个链接，盲目而无趣。我也试图改变过，但收效甚微，繁忙的工作中很难找到生活的激情。之所以选择无聊地上网，大概是因为从各个网页上接收各种无聊的信息并不需要耗费脑力，是个不错的消遣方式。只不过这种方式太沉闷了，也容易消磨自己的活力。

我想我需要一个变化来打破这种僵局。

二〇一二年春节，我和墨小兔要回老家，不得不将Loki和萨提寄养在一家宠物店里。装着他们去宠物店的是他们小时候被领回来时用的宠物专用包，两只胖猫横在包里，一点儿多余的空间都没有。他们已经一岁零九个月了，都是成年猫了。我想如果Loki争气一些，现在他们的孩子早该学会玩儿酱油瓶了。

春节过得有些无聊，年龄越大，越找不到那种简单的快乐。这个小时候最盼望的节日变成了一种负担，我只想尽快掀过这一页。

回到长沙，第一件事儿就是把猫崽子们接回来。

宠物店的老板豆豆向我们描述了他们在春节期间的生活："萨提太胆小了，这么多天我都不知道她躲在哪里，只有吃东西的时候才能看得到她。"

萨提胆小吗？我不这样认为，可能是她喜欢躲猫猫吧。

"Loki表现如何？"墨小兔问。

"这个流氓……"豆豆咋舌道，"每天晚上都有母猫在尖叫，白天他还守在笼子口，母猫都不敢出来……"

这还是我家的Loki吗？他可是最娘的了，而且大半年都没有让萨提怀上猫宝宝。

看来每只猫的性格都有两面，在家里时一个样儿，出去时又是另一个样儿。

假期结束了，猫崽子们回家了，工作依然像往常一样继续，像是绷紧了的弦，无法松弛下来。

不过，对于猫崽子们来讲，变化还是有的。Loki失去了三妻四妾的生活，又开始娘了起来。只要你叫一声"Loki"，他就会飞快地跑到跟前，仰躺着露出肥肥的肚皮打滚儿。而萨提女王逐渐放下了身段，跟我们有了更多的亲近。她变得喜欢挨着人趴着，偶尔也会求爱抚，发出舒服的呼噜声。

"大概是这次寄养让萨提觉得外面的世界太险恶了，还是家里舒服，还是爸爸妈妈好。"墨小兔这样猜测萨提的性格变化。

三个礼拜之后，我有一次下班回家，推开门，萨提仰着头朝我走来，可怜的眼神似乎在说："抱抱我。"我放下包，将她搂在怀里。我惊喜地发现她的肚子变大了。我怕是自己的错觉，将萨提正面、侧面、背面转了一圈儿观察，肚子确实是比之前大了些。

"真的吗？"墨小兔也兴奋起来。

"应该不会再是狼来了。"我肯定道。

"嘿，我终于要做猫外婆了。"墨小兔抚摸着萨提，脸上开心的神情像是老来得子的员外爷。

这大概是二〇一二年二月最让人愉悦的消息了，似乎是在心里点燃了一盏灯，让我看到生活里还有些其他没有被察觉的精彩。

萨提原本和Loki都住在客厅的阳台上，两只猫崽子一直打打闹闹。为了保护准妈妈萨提不被骚扰，我们当即决定将萨提的小窝搬进侧卧。

墨小兔打电话给宠物店的老板豆豆。豆豆说，萨提有可能是在寄养期间怀上宝宝的，当时跟她玩儿在一块儿的有另一只别人寄养的公猫。

仔细想一想，这也算是无心插柳柳成荫了。

## 3

二〇一二年三月六日，我在微博上发了一条消息：

萨提怀孕啦，墨小兔将她隔离在侧卧。Loki因此魂不守舍，在客厅里徘徊躁动。按理说他妻离子散，伤心是应该的。悲催的是他不知道萨提肚子里的孩子不是他的……

这个段子多少有点儿幸灾乐祸的意思，谁叫他自己之前不努力，错过了良机。

萨提独自住在侧卧的日子并没有太长，墨小兔决定再次升级孕妇保护级别，将萨提接到了主卧，和我们睡在同一个屋里。

怀孕之后的萨提伙食也提高了一个档次，吃的进口罐头十五块钱一只，比我中午吃的工作餐还要贵。

"你跟萨提较啥劲儿，有本事你也怀上看看？"墨小兔对我的玩笑嗤之以鼻。

"我怀上的话，你至少也得给我买十六块钱一只的罐头吧？"

"十八都没问题。"

萨提的怀孕多少改变了一些我的生活。早上起来第一件事儿就是看看萨提的水和粮食是否充裕，猫砂也要清理一番，给她最舒适的养胎环境。晚上无论多晚回家都要跟她玩儿上一会儿，抚摸着她的头，给她顺顺毛，这是她最喜欢的按摩方式。

不过萨提似乎并没有意识到自己怀孕了，依然动作灵活地跳跃在床和地板之间，毫无顾忌。

晚上睡觉的时候，萨提从来都不待在自己的窝里。她喜欢跳上床，趴在被窝上，然后懒洋洋地斜躺着。有时候她会故意在你的手边躺下来，希望你抚摸她。你的手探上去，她的头就会跟着你的手蹭痒，一副很享受的表情。再往后，萨提变得更加喜欢撒娇。据说这是母猫怀孕之后的表现，因为缺乏安全感，所以不停地需要人去关注她。萨提躺下的位置从脚边移到了胸口，嘴里依旧发出愉悦的呼噜声。她偶尔还会将自己的嘴凑到我的脸前，胡子蹭得我痒痒的。

以前看亲戚家有人怀孕了，其他人都围着她转，我就觉得有点儿紧张过头了，让孕妇徒增压力。现在萨提怀孕了，我和墨小兔的生活似乎也是以萨提为中心。她自然不会有什么压力，大概心里还在默念：我终于成了真正的女王，臣服吧，猫奴们。

在萨提怀孕期间，Loki每天都在客厅里游荡，形单影只，落寞得很。小时候他比萨提晚来到家里，一直被萨提欺负，直到他们个头儿长到势均力敌后才罢休。这种被欺负的日子结束之后就是双猫大战，谁也不让着谁，只看到四只爪子在空中挥舞，像是两个幼稚的孩童。

为了彻底了结Loki的相思之苦，我们决定让Loki接受一个叫作CK的小手术。这个手术之后，Loki就会变成——猫公公。当然，这个提议并没有立即执行，我们后面再表。

猫的怀孕周期是五十八到六十五天。如果萨提是在被寄养那段时间怀孕的，预产期应该是三月底到四月初。这样到了三月底就有了本文开头的那种对话。

——生了吗?

——还没有。

——不是到日子了吗, 怎么还没生?

如果是同事问这样的话, 我就会说, 那是因为你的栏目策划没写好。如果是作者, 那我的回答是, 把你的稿子交上来吧, 这样她就会生了。

风马牛不相及的回答, 因为我也很想知道为什么。不如问问萨提自己吧。

——萨提, 你为什么还不生宝宝?

——祖国尚未统一, 哪有心情生孩子……


## 4


日子一天一天往前挪, 墨小兔焦虑了。萨提为什么到了预产期还不生? 不会是再一次狼来了吧。可是肚子真的不小了啊, 她总不该莫名其妙地长出啤酒肚吧。墨小兔抚摸着萨提的头, 我在一旁跟着烦闷, 只见萨提同学一副宠辱不惊的模样, 淡定地用爪子洗脸。

"不会是病了吧?" 墨小兔打电话给豆豆。

"如果过了预产期还不生, 估计要剖腹产。" 豆豆担忧道。

很快, 预产期就过了。原本晴朗的天空突然就布满了乌云, 剖腹产对于猫来说是件很痛苦的事情。她不像人一样能讲道理, 手术过后的疼痛会让她不知所措, 猫宝宝也没办法正常喝奶。面对这种情

况，我和墨小兔一下子也迷失了方向。怀孕对于萨提来说是第一次，而照顾怀孕的猫对我们来说也是第一次，兴奋中同时也夹带着紧张。

突然我有了个大胆的想法：萨提的预产期根本就还没到？

"怎么会还没到？日子都算着呢。"墨小兔不解。

"我们计算的预产期都建立在萨提是在被寄养期间怀孕的，如果萨提怀孕的时间是这之后呢？"我提示道。

"这之后？"墨小兔似乎有点儿不相信，"你是说萨提肚子里的猫宝宝是Loki的？"

"嗯。"我点头，"为什么要排除这种可能呢？难道仅仅因为这之前一年Loki都没有让萨提怀上？别忘了，在寄养期间，Loki可是三妻四妾过，说不定这之后他的技术纯熟了……"

"对，完全有这种可能。"墨小兔认同了我的说法。

有了这个猜想，我们一下子就平静了。萨提没有问题，她只是预产期还没到。接下来我们唯一要做的就是——等。

继续好吃好喝地伺候着萨提女王。她似乎很享受现在的生活，每天都是慵懒的模样，兴致高的时候会躺到你的跟前让你替她按摩，陪她解闷儿。

生活里有了期待，每天都会自我猜测一番，今天萨提会不会生呢？

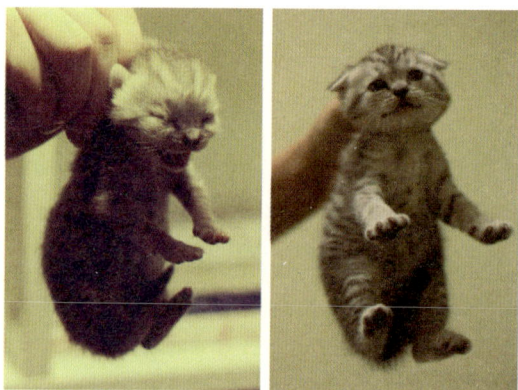

终于，在一个周日的晚上，凌晨两点，我已经睡着了，墨小兔还在床上玩儿iPad。萨提躺在墨小兔的臂弯里，似乎有些焦躁不安。墨小兔用手轻抚着萨提的肚子，想让她平静下来。

"她在用力。"墨小兔推了我一下，"你醒醒，萨提的腹部在一下一下地用力，可能是要生了。"

"这个时候生？"我当即从床上坐起来，睡意全无。

打开灯，我把手放在萨提的腹部。她确实在用劲儿，肋骨一拱一拱的。

"怎么办？"我紧张了。

"将她放进产房里。"墨小兔冷静地指挥道。

说是产房，其实是一个塑料箱子，里面垫了柔软的旧衣服。墨小兔小心翼翼地将萨提抱起来放到里面。往常要是将萨提放进去，她马上就会跳出来。而这一次，萨提安静地躺在旧衣服上。她调整好姿势，继续一下一下地用力。

墨小兔抚摸着萨提的头，以增加她的安全感。我蹲在一旁，心里暗暗地为萨提加油。大概过了五分钟，突然听到萨提连续几声尖叫。

"是不是生了？"我看到尖叫后萨提喘着气，眼神很无助。

"我看看。"墨小兔将萨提移开些，发现她的屁股后面吊着一坨东西。

是小猫崽子。

心酸、兴奋、感动，一股复杂的情绪涌上心头，我已经很久没有这种心动的感觉了。每天都在繁忙的工作中奔波，每天脑海里想着的都是"那本书应该要出封面了""这样的营销方案没有新意""杂志怎么还在印刷""考虑策划个新的选题吧"……而现在，这些都从脑海里消失了。我唯一想的就是，萨提生猫宝宝了，我做外公啦。

"萨提好像不会咬断脐带。"墨小兔将我拉回了现实。

"那怎么办？"我慌了。

"百度看看。"

"嗯。"这个工作我在行。

网页上说，如果母猫自己不会咬断脐带，需要人工协助。墨小兔连忙找来剪刀和打火机，用打火机先给剪刀消毒，再伸向萨提。

"就这样？"墨小兔还是有些担心。

"剪吧。"我一咬牙，剪刀已经合上了。

小猫崽儿脱离了萨提的身体，萨提躬着身子换了个姿势，然后开始将小猫崽儿身上的血迹舔干净。小猫崽儿眯着眼睛，傻傻地摇晃着脑袋，身体只有我的半个拳头大小，真是萌死了。

大约过了十几分钟，萨提又开始一股一股地用力。这一次的时间短些，很快她就生下了第二胎。我和墨小兔正琢磨着要不要帮忙剪脐带，萨提已经将老二的脐带咬断，将胎盘吞了下去。她真是个聪明的好妈妈。

生出两只小猫崽儿后，我和墨小兔继续蹲守。萨提的肚子还是很大，墨小兔期待着第三只第四只从萨提的肚子里生出来。

只是这一等就是好几个小时，萨提虽然偶尔也用力，但并没有生出猫崽儿来。那两只已经生出来的小猫崽儿贪婪地吸吮着萨提的乳汁，快活极了。

"怎么办？"墨小兔再一次迷茫了，"她肚子里可能还有货，你查查看。"

"嗯。"我急忙向互联网求助。

网上关于这种情况有很多种说法，有的说只要两胎之间的间隔不超过二十四小时就行；有的说一般半个小时一只，如果超过这个时间就赶紧送医院吧；还有的说如果五个小时还没生出来，母猫就会有危险……

我不知道应该相信哪一种说法，此时萨提距离上一胎生完已经五个多小时了。墨小兔爬上网到长沙爱猫群里去请教，有的建议继续等，有的建议赶紧送医院，众说纷纭。墨小兔打电话给豆豆，问到了个兽医的号码。

兽医建议我们将萨提送到医院去。

"可是小猫崽儿怎么办？他们现在还离不开母猫。"

"必须将小猫崽儿一起带过来。"兽医说。

这件事说起来简单，但做起来很困难，此时的小猫根本不适合带出门。墨小兔只能请求兽医上门来瞧瞧。

"可是我离你家很远啊。"

"打车过来就好了，我报销。"墨小兔焦急地说。

兽医赶到我们家的时候已经是上午十一点了。他一边抚摸萨提的头一边给她的下巴抓痒，这叫"培养感情"，希望一会儿检查的时候萨提不会挣扎。

事实上，我们家萨提还是很乖的，兽医在她的肚子上按来按去，她一点儿都没有反抗。

"已经生干净了，她的肚子里没有小猫了。"兽医如此诊断。

"可是她的肚子还是很大啊。"墨小兔很疑惑。

"我告诉你怎么摸。"兽医将萨提递到墨小兔跟前，"你看，这是肾脏，这是胃，这是膀胱。她这肚子里啊，估计是……尿。"

噗，这太逗了。

确认萨提已经生产完毕，我和墨小兔紧张了十个小时的心终于回落到了正常状态。

萨提，辛苦了！萨提，好样儿的！

所有幸福的事情，都要经历很多的波折才能享受得到。

# 5

　　我蹲在猫窝旁，看着萨提侧躺着，两只小猫崽儿挤在她的怀里，吮吸时发出"滋滋"的声响，似乎美味极了。

　　"别闲着发呆，考验还在后头呢。这段时间家里不能来人，否则母猫会很紧张，可能会把小猫藏起来，还有可能会把小猫吃掉。"墨小兔提醒我。她说这不是危言耸听。

　　事情就是这么不凑巧，下午家里来了两个不速之客。虽然客人在客厅里，卧室门是关上的，萨提还是发出了焦躁的警告声。

　　到了晚上，我们吃完饭回到家中，发现萨提和小猫都不见了。

　　"糟了，萨提开始藏小猫了。"

　　我在卧室里巡视了一圈儿，然后将床垫掀起来，发现萨提带着两只小猫崽儿在床底下躲着。小猫崽儿快乐地吸食着乳汁，萨提紧张无助地看着我。墨小兔小心翼翼地将她们搬出来放在窝里。一转头的工夫，萨提又叼着猫崽儿们钻进了床底下。

　　如此两次之后，我再次将她们抱出来放进猫窝。我蹲在猫窝旁抚摸着萨提，约莫用了半个小时萨提的情绪才得以平复。我和墨小兔轮流伺候她，她大概是意识到没有陌生人了，这才停止了藏小猫的行为。

　　看起来是件很幸福的事情，但一定要经历很多的波折才能享受得到。

　　第二天两只小猫崽儿就有了自己的小名儿。

餐桌上摆着一些水果。墨小兔指着老大说："你叫桃子吧。"然后她又指了指老二，"你就叫西瓜吧。"

"这样子会不会太随便了？"我尴尬地笑。

"不会啊，简单的名字好养活。"墨小兔胸有成竹。

"那为啥她叫桃子而另一只叫西瓜？"我继续追问。

"因为老大生下来比较大，起个可爱的名字就好。老二生下来很瘦弱，西瓜个头儿大，寓意她苗壮成长。"

"好吧。"我勉强同意了墨小兔的歪理邪说。

因为萨提有八个乳头，而只生了两只猫，所以猫崽儿们能分到的奶水很充足，长起来也格外地快。虽然奶水多，可猫崽儿们争抢的习惯并没有改变，桃子凭借着自己的个头儿，经常将西瓜挤到一边去。她大概是觉得西瓜选择的乳头格外不一样吧，所以要抢到自己嘴巴里。

是时候说一说寂寞的Loki了，萨提生完崽儿后的第四天Loki被送去CK了。既然桃子和西瓜是他的孩子，我们也没什么对不起他的了，毕竟给他留了后了。

二〇一二年四月二十六日我发了一条关于Loki的微博：

下班回家后，Loki一直叫，跟没被CK掉一样。我威胁道：再叫就把你蛋蛋割掉。一想又补充了一句：哦，你已经没有了。伤口上撒盐大概就是这样的吧，哈哈。PS:桃子十一天，终于睁开眼睛了，各种萌～

说到睁眼睛这件事儿，一般都是十天左右开始的。如果超过了时间还不睁眼，可能就需要用棉签蘸点儿眼药水帮忙把小猫崽儿的眼屎去掉。他也许会短时间地睁开，隔半天说不定又让眼屎糊住了。所

以这个工作需要重复好多次，一定要很有耐心。墨小兔平时是个急躁的人，但在养猫这件事儿上她的耐心比谁都多。

　　如果说我们为小猫崽儿们的成长付出了一些辛劳的话，跟萨提比起来，那绝对是小巫见大巫。小猫崽儿们生出来一个月左右都是无法自己排便的，而作为猫妈妈需要每天舔食小猫崽儿的屁屁，以防止小猫肛门堵塞。虽然说这是猫妈的本能，但听起来让人既心酸又感动。

　　萨提很快就成了一个尽责的好母亲。只要Loki靠近小猫五米远，她就会发出严厉的警告，一直将Loki赶到笼子里。可怜的Loki作为父亲却没有探视小猫崽儿的权利。不过，站在萨提的角度上想一想也就不奇怪了。

　　"老娘生孩子痛苦的时候你在哪里？"萨提的内心独白估计是这样的吧。

　　相比于人类，动物中雌性和雄性的职责分工更明确一些。具体到猫科，生孩子养孩子这种事都集中在雌性身上。

　　Loki，你还是安心地做你的公公，好好儿养出一身膘吧。

## 6

　　桃子和西瓜从半个拳头大很快长得超过一个拳头大小，萨提对她们的保护逐渐放松了一些。墨小兔将桃子和西瓜拿到地面上尽情调戏，猫崽子们没啥技能，唯一知道的就是——卖萌。而这已经足够治愈墨小兔对她们所有的付出。

　　桃子和西瓜被调戏完之后，萨提会叼着她们的后颈，逐一地送回猫窝，然后开始幸福的哺乳时间。

　　前阵子网上有个帖子很红，主题是在自己家的宠物面前装死，宠物的反应。有个回复是这样的：

　　——@尸油小炒肉：因为发烧事件，忍不住尝试了一下在家装死看看奥斯卡会是神马（什么）反应，故意哀号一声倒地还屏住了呼吸。奥斯卡守在我旁边声音都变了，惨叫得像是哭一样，然后忽然就开始撞门，撞不开就又跑回来围着我叫，发现我还是没动静就蹲在我肚子上【自从上次痛经用她暖了肚皮之后就一直记住了】……超感动QAQ

墨小兔心血来潮，也在萨提一家面前表演了装死。她得到的回应是这样的：

——昨天晚上试了一下，萨姐叫了两声见我没动就淡定地跑一边舔爪子去了。桃子一直趴在我脸前半米的地方虎视眈眈地看着我，防止我诈尸。西瓜试探了一下发现我不动，就开始嗨皮（happy）地跑来跑去把我当大型玩具了……事实证明，瓜妹是逆天般的存在！

每只猫都有他的脾气，不能强求啊，墨小兔同学。

再长大一点儿，桃子和西瓜的性别都能看出来了，是两只MM。桃子的耳朵折了下去，随她妈萨提。而西瓜的耳朵是立着的，跟她爸爸Loki一个样儿。

她们很快学会了走路，然后就有了新的乐趣，找对方打架。她们俩从床上打到地上，从地上打到床底。桃子强壮些，而西瓜更灵活，这样的打架始终分不出胜负。这之后Loki终于被允许融入这个大家庭，他的加入使格局发生了变化。桃子和妈妈萨提亲近些，而西瓜跟爸爸Loki更合得来。他们睡觉时会分开两个地方来睡，泾渭分明。

这让我想起了萨提和Loki刚来到家时的情形，打打闹闹，像是顽皮的孩子。而现在，桃子和西瓜，这两只猫崽子似乎在重复他们父母的猫生（猫的一生）。

微博上流行着这样一个段子：

这女同学啊，生娃之后啊，这微博就只能取消关注。实在是没法看啊！翻过来覆过去都是她的娃走路了，娃便便了，娃长牙了。又不是我的娃！

我的微博上也发了不少桃子和西瓜的事情，不知道有没有人心里在想，养宠物的人也要取消关注，翻来覆去都是那些……猫猫狗狗的事。

说实话，我并不是一个宠物爱好者。如果让我决定，我可能一辈子也不会养宠物。但因为墨小兔喜欢宠物，所以我尊重她的决定，和她一起养。

萨提和Loki的出现给我的生活带来了很大的变化，而现在桃子和西瓜的到来再一次给我带来了极大的快乐。

我自己不养宠物并不是因为讨厌，而是我还没有准备好对一个生命负责。好在墨小兔是准备好了的，所以他们都是很幸福的猫。

在我的心里，每一个动物都是鲜活的生命。

而萨提、Loki、桃子、西瓜，他们不只是需要照顾的生命，不只是用来娱乐的宠物，他们已经逐渐成了我的家人。

家人，是一定要好好照顾的。

写这篇文章的时候我翻看了他们之前的照片，也回忆了萨提怀孕后的点点滴滴，虽然很多事情都是一笔带过，但那些欢乐、紧张、开心、焦虑、辛劳、治愈都是细微而真实的，个中滋味也只有自己最清楚。

每一次回忆都能带来不同的满足感。我想，不管以后我还会在他们身上投入什么样的情感和辛劳，我都不会有任何的怨言。

因为，为了你，一切都是值得的。

# 铭记与遗忘之间 /白槿湖

畅销书作家，典型巨蟹座。

恋家，敏感，迷恋光阴与文字，喜花，痴迷白与蓝色。

代表作：《如果巴黎不快乐》。

# 一 那只陪伴了我九年的狗狗

　　离开台北前的那个夜晚，我窝在酒店沙发里看《忠犬八公》，只因朋友说那是一部看了令他哭到抽搐的电影。窗外下起了小雨，终究还是看了一场台北冬季的雨。

　　《忠犬八公》的故事极简单，老教授收留了一只名叫哈奇的秋田犬，一起生活。哈奇每天都会去火车站送老教授上班，下午再去接老教授下班。直到一天老教授死去，再也没有回来。这之后的十年，哈奇每天还是会风雨无阻地去火车站等待老教授，直到哈奇老得步履艰难，最后死在他等待的火车站。哈奇在死前的黑白记忆里，看见了老教授和他拥抱的那些美好画面。

　　教授的妻子十年后回到小镇扫墓，在离开时忽然看见了蹲在花坛上的哈奇。哈奇已然衰老，全身脏兮兮的。她抱住哈奇的头，泣不成声：哈奇，你还在这里等他吗？

一切生命都逃不过生老病死。原谅我，
一直不懂得珍惜你。

人的一生会有多少个十年，而狗的一生仅有一个十年，哈奇用他仅有的十年在等待一个主人。哈奇直直地坐在火车站门外，眼神那么渴望地望着那道门，只是主人再也没有出现。

只因你给了我短暂的美好，我便倾此生之力回报。

我的一生，从与你相遇的那天便开始。

如果你养一只狗，那么就不要轻易终止养他，不要轻易转送别人，更不要遗弃他，因为狗这一生只认一个主人。我们有我们的生活、朋友、工作，而狗，他只有一个主人。

看过一个小故事，是一个孩子问他爸爸，他说："爸爸，为什么狗狗的寿命只有十年？"爸爸说："那是因为狗狗一出生就懂得了爱，而人要到很久以后才明白爱。"

　　《忠犬八公》从开始的三十分钟直到结局，我的眼泪都没有停止过，这是一个有关忠诚、爱与等待的故事。

　　在《半生缘》里，曼桢写给世钧的信：我要你知道，在这世界上总有一个人在等你，无论什么时候，你在什么地方。

　　看完《忠犬八公》，我起身拉开酒店的窗帘，看着台北的天空，细雨绵绵，我抱着自己哭。我突然十分想念我家里的那只狗狗，他是一只狼犬，名叫黑熊，足足养了九年。我看着他出生，长大，他也看着我成长，从上高中，再是大学四年外地求学，直到我带着我的男朋友到他面前，我摸摸他的头指着男朋友说："不要吠哦，他和我们是一家人。"他温驯地望着我领回家的男朋友，友好善良的目光，像我的长辈，极放心地把我交给了他。狗的年龄比量是人的七到八倍，黑熊已经养了九年，他相当于七十岁的老人了。

我得意地对爸爸说，连我们家的狗狗都喜欢我的男朋友。

我想着这次回家，一定要给他带很多好吃的，再摸摸他的头。每次回家匆匆，我都远远喊他一声，他被拴在院内的一个空房间里，用渴望的眼神看着我，摇着尾巴，我都没有去摸摸他，因为他老了，我觉得他脏。看了《忠犬八公》，我告诉自己，回家一定要好好抱抱他。

我没有想到，这部电影带给我的感动和难过并没有停止。

我并不知道，就在这个夜晚，我在台北的这个夜晚，家里的黑熊，就在这个冬夜里，静静地死去了。

直到三天后，回到南京，我在视频里对爸爸说："我要推荐你看一部电影，特别伤感的电影。"爸爸说："我也有一件伤感的事要告诉你。"

黑熊死了，三天前的晚上死的。

我对着电脑屏幕放声大哭。

我要推荐给爸爸的就是《忠犬八公》，我没想到，陪伴我九年的黑熊竟然就在我看这部电影的那晚死去了。

也许冥冥之中自有定数，那晚我在台北流给电影里哈奇的眼泪，其实是流给了黑熊。是他知道自己要走了，所以给我一个心灵感应，让我看这部电影，让我能够坚强面对他的离开。

爸爸安慰我说黑熊年纪大了，死去是无法避免的事。他走的那晚，妈妈对爸爸说黑熊可能不行了，爸爸起床去看了他，唤了他一声，他的耳朵动了动，给了主人一个他活在世上最后的反应。

他的尸体在那个空房间里停了两天后，爸爸才把他埋在了一棵树下。

很长时间，当我路过后院曾经拴他的那个角落，我就会想起无数过往的回忆。我蹲在旁边的两棵香樟树下，仿佛一夕忽老，这样的感觉会越发强烈。

当一个人开始不断回忆，寻觅过去时光的剪影，就意味着已开始老去。

那么他呢，在他老去的时候，他有否想到我，想见我一面，想我摸摸他的头，喊一声他的名字，他仍像年轻时候那样大步朝我跑来？

一切生命都逃不过生老病死。

原谅我，一直不懂得珍惜你，每次回家，都匆匆来匆匆去，我知道你一直在等我，每当我看着你，你的眼睛都注视着我。我记得你十年前还是一只小狗狗的样子，你送我上学，等我放学，我路过你身边，你总会用期待的眼神看着我。当我看着你穿过马路，走向我身边，朝我摇着尾巴，我就指着你骄傲地对我的同学说："你瞧，我家的黑熊哦，是我的大保镖。"

那时候不懂事，会在路上和同学走着走着就打闹起来，打着打着就成了真打，一次你照旧来接我，远远地望见我和人扭打在一起，你飞速冲了过来，对着我同学的裤腿一阵甩头咬扯，吓得同学赶紧求饶。你本性善良，也没有伤害过人，只是摆出凶恶的模样吓退人，不过，我同学的裤子倒真是被你给撕破了。

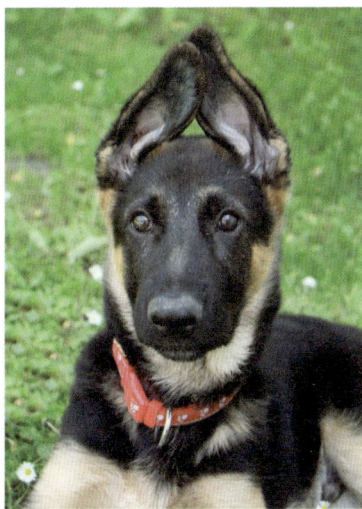

终会有新的生命来延续
幸福，可是，你却再也
不会回来了。

有你在，就有了安全感。

那时附近有盗贼来踩点儿，你是最勇猛的，很多住户家都被盗了，唯独我家和邻居几家没有受盗贼的骚扰，只因有你在。是你成就了我家的夜不闭户，根本不用担心有贼。你被父亲调教得训练有素，从不吃别人扔来的食物，有极高的警惕性。

家里的相簿里，还有你的照片，你端坐在地上，和我们一家人的合影。

人与动物的感情是否可以得到升华，我探寻过，当一只狗狗并不仅仅是一只宠物，而是家人、朋友、护卫的时候，他存在的意义比很多人类所谓的"情人"还要有价值。

譬如一位男性朋友，这些年发了些财，到处拈花惹草，身边的情人不超过半年就会换一个，妻子也不去过问，只是默默做好妻子的本分。我推荐他看《忠犬八公》，之后，他在电话里轻轻地哭，说自己

这些年身边的情人无数，却没有一个忠于他的，太多时候，人的秉性还不如一只狗，他说他以后宁愿养一只狗，也不会在外面养女人了。

知道吗，简直不可思议，那样一个在所有人看来不到老都无法收心的男人，真真就收了心，回到了家里，陪伴在妻子身边，戒掉了找情人的瘾。不同的是，他们家里多了三只狗，一只德国黑背，一只猎犬，一只藏獒。

他还是那样，为他的"情人"愿一掷千金。我们也听闻，他的三只狗狗的价钱不低。

周末，他会开车去郊外山区，牵着猎犬去打猎。

他妻子对我说，他现在即使每天在外工作，再多应酬，中午和晚上都一定会回家，就为了看看他的三只狗。

我与他妻子相视一笑。

至少这比从前好多了。

我的父母在黑熊离去的半年后，认为家里该再养一只狗，毕竟家里多年来一直养狗，不可以少了这份幸福。

就是如此吧，终会有新的生命来延续幸福。

黑熊啊，你是再也不会回来了。

我多想门打开，看见你熟悉的身影。

我永远记得我们相遇的那一天，你走进我的生命，圆圆的脑袋毛茸茸的身子。虽然你永远地离开了我，可你教会了我爱与珍惜。

谨以此文，献给陪伴了我九年后逝去的"朋友"。

## 二　一只猫的信任

　　对猫这种充满了傲慢孤独与高贵优雅的动物有一种偏执的喜爱，任何一只猫都可以让我发一下午的呆，因为曾经痛失过两只爱猫，所以对离失有着恐惧，故我家从来不养猫。

　　你信吗，人与动物之间是有缘分的。

　　二〇一一年七月十日，这个日子我记得清楚。我看到一个猫贩子蹲在路旁，一个猫笼子里装满了各种脏兮兮的小猫，都是刚满月的，因为疾病和饥饿在笼子里发出撕心裂肺的叫声。

　　我的腿一下子就迈不开了。

　　我走过去，蹲下来，和那些小猫的视线在一个水平线上。

　　多年的养猫经验，让我能看出这些猫有跳蚤、皮肤病、眼疾、痢疾等毛病，并不是健康的猫，如果没有人带回家悉心照料，不久，在高温下，他们都会死去。

猫有九条命，生命力顽强，但小猫在出生后的三个月里，是最容易死亡的，各种病都会一一爆发，尤其是这种流浪猫，更容易死亡。

身边的好友说："这些猫都不健康，带回去也会死的，还有病菌和跳蚤，多脏啊！你想养猫就养个健康的、品种好的，什么样的没有？"你就让我再看一会儿。"我固执着不走，伸手逗里面的猫玩儿。

当我的手伸进笼子里的时候，一只白白的毛茸茸的小爪子轻轻地落在了我的手心上。

一只黑白相间的小猫，仰头望着我。他的一只眼睛患有很重的炎症，眼皮已经翻出，几乎看不到眼珠，赤红红的一片；另一只眼睛刚开始发炎，眼珠漆亮，水汪汪地仿佛有泪，奄奄一息般，用极善意渴望的眼神望着我。

他信，我会给他幸福。

我就这样偏执地带走了一只整个笼子里最弱、病最重的猫。

正巧，前面不远处有卖金鱼的，我又买了一条小金鱼。

买下他后的第一件事儿就是带他去宠物医院。最初是选择滴药水来治疗他的眼疾，然后又做了显微镜检查，看有没有耳螨，好在他并没有耳螨。那位医生应该是特别喜欢小动物的那种，抱着那样一只脏兮兮的小猫，也不嫌弃，很用心地为他检查。

我看到里面有一只猫刚做完手术，也是一只流浪猫，是好心人捡了送来救治的，付了全部的医药费。这只猫有严重的胃病，瘦小的身体，只有我的巴掌大，却要经历开刀这样的手术，竟还顽强地活着。

而我的这只猫，比较幸运，除了营养不良和眼疾，还算是健康的。

给他买了最好的进口内外驱虫药，杀死了跳蚤，接着用湿毛巾

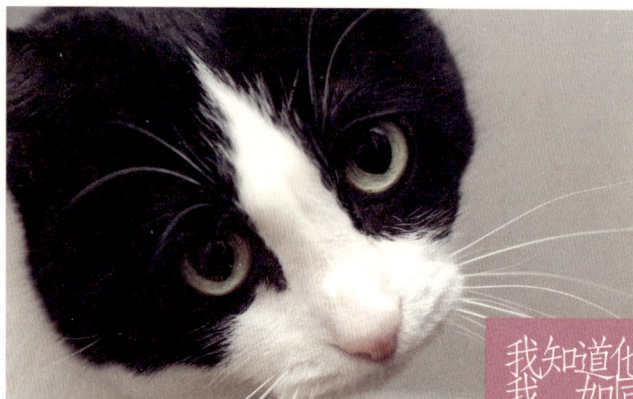

我知道他一直都信任我，如同当初我伸手进去时，他将爪子轻放在我手心。

将他擦干净，以去除他毛上的细菌，仔细一瞧，还真是个模样漂亮的小猫。

我为它取名为大米，昵称米米，喻示着他能给我带来好多好多的米米，招财猫呀。

米米一点儿也不认生，很快就和我熟悉了，只是他的眼疾并没有因滴药而好起来，反而加重了，最后，只能带着他去打针。看着他打完针在桌上疼得翻滚，我真心疼。

给他买最好的猫粮，还买了超级豪华的别墅猫砂屋，我恨不得把天底下最好吃的、最好用的统统给他。他很聪明，也爱干净，会用猫砂。我给他的脖子上系了红绳，上面还有个铃铛。

米米和那条与他一起回家的小金鱼关系极好，每天喝鱼缸里的水，别的水都不喝。他喝水的时候，金鱼会在下面用鱼嘴吻他脖子上的铃铛。

接下来的两个多月，他让我体会到了"可怜天下父母心"的心境，他几乎每隔半个月就会生病，脱瘦，我甚至会在半夜抱着他往宠物医院跑。有一晚真是险啊，医生说他们那里正好有一只狗狗要产小狗，所以加班留下来做手术，不然他们医院里也不会有人。差一点点，米米这小命就没了。

终于扛过了最容易死亡的三个月，他长结实了不少，健康极了，被我洗得干干净净的，每天晚上都要睡在我和老公中间的被子上，简直就像个小孩子。

我知道他一直都信任我，如同当初我伸手进去时，他将爪子轻放在我手心，望着我，那么有灵性，他读到了我眼里的悲悯。

你不知道米米有多顽皮，家里最高的东西就是冰箱，在他成功登上冰箱顶部时，仿佛有一种统领江山的成就感，那眼神告诉我，他真的长大了。

我也才发现他的性别，雄性。

好奇害死猫，这真是个相当可靠的真理。

在离开南京收拾行李的时候，因为室内的灰尘大，我打开了所有的窗户。我们住在六楼，平时我是不会打开纱窗的，因为米米有好多次都跳上窗户，站在仅有两厘米宽的窗框上，这可是六楼啊！每次把他从窗框上抱下来，我都是提心吊胆的，如同电视里警察营救要跳楼的人。我悄悄地走到他身后，一把抓住他，抱在怀里才算安心。

即使离开南京，我也要带走米米和小金鱼。

没有小金鱼，米米会不喝水的。

那天，我特意将米米关了卫生间里，就是怕他趁我不注意跑到窗框上去。我收拾着东西，忽然听到隔壁房间窗户处传来"咚"的一声，我望了望老公，说："不会是猫掉下去了吧？"

他说："不会吧，不是关卫生间里了吗？"

闺密从卫生间走出来，无辜地说："我刚才去卫生间，他跑出来了。"

啊！这可是六楼啊！跳下去一准儿摔死！

我赶紧往窗户边跑，往楼下一看，还好还好，楼底下没有呈现凄惨的一幕。我再将目光移到五楼一看，这只神猫，居然从六楼跳到了五楼的窗沿上，那个窗沿可是和六楼的窗户垂直的，我真不知道指甲被我剪光光的米米是如何牢牢抓住五楼的窗沿的。

窗沿很窄，还没有他的身子宽，他抬头看着我叫，很害怕的样子。

"你到底要怎样啊，你不就是想从六楼往下跳一次吗，这次你如愿了！"我说着说着就哭了，六神无主。那么窄的窗沿，不到两米长，他只能贴着墙站着，不留神的话，就会摔下去。

　　那还是二月天，特冷，有风。

　　我先跑去了五楼，让老公在楼上看着。

　　五楼的住户根本不在家，我又赶紧跑回去，想着要不要给消防队员打电话。

　　米米已经在窗沿上支撑不住了，有些颤抖。

　　闺密说："伸个棍子下去啊，让他顺着棍子爬上来。"

　　我白了她一眼，我都急得要哭了，她还在旁边说些不动脑子的话。

他信，
我会给他幸福。

还是老公聪明，想了一个办法，将米米平时睡的窝，两头拴上绳子，然后放到五楼，看他知不知道自己爬进窝里，我们拉他上来。可他又不是人，能明白我们的用意吗？再说了，窝可是吊在五楼的空中，他敢迈上去吗？

眼下只有这个办法了，我们一时间也找不到绳子，倒是找了几个拖线板插座，我们用拖线板拴住窝的两头，将窝慢慢放到五楼窗户

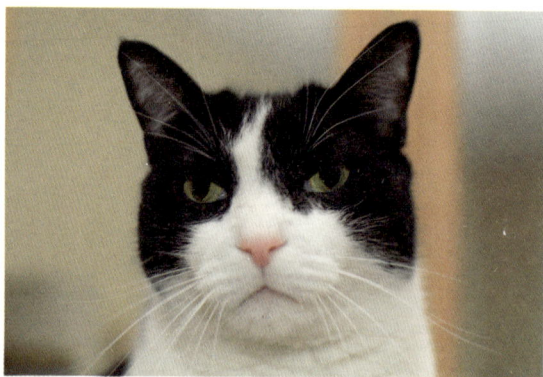

处，放到米米身边。可棘手的是，外面的风很大，将窝吹得在空中摇摇摆摆的。

米米望着窝，又抬头望着我。

"米米不要怕，回到窝里去就好了，我拉你上来，听话。"我说着，急得眼泪直流。

米米望着我叫，低头看着窝，我知道他信任我，信我会救他。他终于抬起了前爪，试探性地将爪子伸进窝里迈出了第一步，就在这

时，又起风了，窝一晃，他吓得缩回了爪子。

闺密终于灵活了一次，迅速找来了两根晾衣杆，用胶带缠在了一起，又加了一根木棍，才够长度，伸下去，用这根长杆牢牢按住窝，让窝贴靠在窗户上，稳稳的。

这一次，米米照旧是在看了我一眼之后，才慢慢爬进窝里，就那么一瞬间，我喊了一声："快拉！"老公快速将窝提起，终于，解救成功。

我抱着失而复得的米米，痛心地说："你这个淘气包，要把我吓死吗？"

他的指甲流了很多血，有几个甚至都脱落翻起了。

他依旧那么信任我。

那是一种人与动物的默契。

现在米米已经满一岁了，开始吃成年猫粮，体重有十斤，个头儿很大，特威武，但脾气还是很古怪。有时我一个星期在外地，很想他，等我回到家，以为他会开心地迎上来，没想到，他居然看了我一眼就转过头睡觉了！整整十来天，他都对我很冷漠，任凭我怎么哄都不肯理我，我挠他痒他也不像以前那样和我比画了。

他是生我气了，真是个骄傲的家伙。

一年前那个浑身跳蚤脏兮兮的小猫终于长成骄傲漂亮的小王子了。

我爱他，这个陪伴我写作的米米。

愿年年岁岁花相似，岁岁年年我与米米的信任永存。

# 生命中应当承受的轻微 /高瑞沣

知名青年作家，

《影迷》《星月刊》电影杂志执行主编。

代表作：《世界上总有那么一个人在爱你》。

　　我很喜欢狗，但是从来没有养过狗，就算我在小时候曾经养过波斯猫、龙猫、乌龟、荷兰猪、珍珠熊、长毛兔、贝壳、金鱼、寄居蟹、蜗牛和鹦鹉，也从来没有养过狗。

　　因为我老妈很迷信地告诉我狗在五行中属土，而我是金命，所以，为了避免我这块儿闪闪发亮的金子被尘土所埋没，我这辈子基本要跟狗狗无缘。

　　我吵闹过，哭天抹泪过，更对着别人家的小狗流哈喇子过，不过这一切都于事无补，阻止不了我老妈的爱子心切。

　　所以，我就只能将这种遗憾变为感叹，每时每刻呈现在我生命中的每一个阶段。在工作以后，我发现我喜欢冲着编辑们感叹"我喜欢雪纳瑞，喜欢阿拉斯加，喜欢哈士奇，喜欢拉布拉多，喜欢萨摩耶……"

然后QQ上的头像就会很热烈地跳跃起来，点击开来，无一不是内容大致相同，"那些都好贵啊，你还不如把钱给我，改成养我吧！我可以跟你互动，能吃，能睡，能跑，能跳，还能陪你聊天说话。"

废话，是个人都会。我只是使劲儿翻了翻自己的眼皮，连回复都懒得回复地关掉他们的聊天窗口。其实，四条腿的伙伴难找，两条腿的人满大街都是。

因此，我跟Nike的相知，相遇，到最后相处在一起，一切都是缘于意外，或者说，只因为某个天使大姐的灵机一动。

我在某日深夜加班回家，嘴里还呼喊着"天灵灵，地灵灵，太上老君快显灵"的符咒，我怕脏东西，更怕遇到危险，毕竟时间已经很晚，治安在我的魅力面前简直就是形同虚设。

你要知道，像我这样一个如花似玉的男子，也是有被劫财劫色的可能性的，而且这个可能性还相当之大。所以，当我感觉到身后有人跟踪我的时候，我第一时间亮出了我的iPhone4S，想要借助它的亮光闪花恶徒的眼，然后，再乖乖拨打110。

出乎意料地，除了空气，我就看见了他，我家后来的小弟，狗狗Nike。他就蹲在离我三四米远的距离，漆黑的眼睛，色眯眯地盯着我。

我双手护在胸口，"难不成？我的吸引力已经突飞猛进到连动物也都欲罢不能的地步？"

他并不叫唤，只是那么老实地待在原地，不动也不走开。我下意识蹲下来张开怀抱的时候，他居然就那么悄无声息地奔过来，呼哧呼哧地喘气。我把他的前爪提起来，然后看到他的小弟弟，确认了他的性别。我很恶劣地问他："小子，你是不是想劫我的色？"而当我的话还没有全音落地，他粉红色的舌头，就已经如风卷残云般调戏了我的脸。

鬼使神差地，我就把他带回了家，然后在明亮的灯光下，发现他身上大大小小的伤口居然有十多个，最大的一个伤口长度超过一元硬币的直径，几个伤口还在冒血，脚一瘸一拐得很厉害，因为天气热，有些伤口已经化脓溃烂。我赶紧去冰箱里找了几根火腿肠给他，

泰迪熊没有生命，他却有，有着和我们平等的生命。

暂时用家里的无极膏给他涂上，然后第二天上午我没有去上班，我知道我应该去宠物医院给他彻底洗个澡，上药，做体检，打疫苗。

Nike很老实地趴在医院的桌子上，接受着医生的检查，他的眼睛一直盯着我，好像生怕我会走掉似的。中途手机响了，我需要离开一会儿去解决这个电话，而他就不安分地从那么高的桌子上跳下来，伤上加伤地追赶着我出来。看着他拖着后腿，前腿并不很灵便地一瘸一拐的狼狈样儿，我心底居然泛起一些小小的欢喜，因为我突然发现

原来有一个小生命是这么地依赖自己，会是这么幸福。

　　"这只狗是纯种的泰迪，好像还值些钱，并且，现在这种狗比较流行，只是他是富贵狗，需要经常打理和美容的，要经常让专业人士剪毛才能更加像泰迪熊，因为大家都很喜欢泰迪熊，所以这种被打理得像泰迪熊的狗也就叫泰迪。"我很快挂断电话，把他抱回去，医生只是用眼睛瞄了瞄我，然后絮絮叨叨地说着。我知道他的意思是我花的医药费是很值得的，而且，我应当成为他的长期客户，因为，我必须让Nike不负泰迪的盛名。

　　我听着他的话，只是下意识地点点头，我轻轻为Nike捋着脖子上的毛，我才不管什么泰迪不泰迪，那只能让他更像一个玩物。泰迪熊没有生命，他却有，有着和我们平等的生命。

　　我只看着他的眼睛很明亮，牙齿白白的，所以我觉得他应该在狗狗里还能算得上是很帅气的，就形同我在人群里一样。

　　我觉得一个男生如果养一只母狗会很奇怪，你千万不要跟我谈什么理论，反正，没有原因的，我就是觉得很奇怪。所以还好，我们家的Nike是男的，这样真的很好，两个美少年就这样淡定地生活在一起……

　　我对医生点点头，问："他受了很多苦吧？"

　　医生只斜了我一眼，眼角眉梢都有了笑意："药都要最好的是吗？用进口的好不好？"

　　"国产普通的就可以了，只要对症下药。"我轻轻拍了拍Nike的头，他想舔我，我就偏偏把手放在他的头顶，在舌头不能及的地方，爱怜地看着他只能退而求其次地努力扬着鼻子，嗅着我指间的味道。

　　我并不是不舍得为Nike花钱，我当然更不是觉得Nike不值钱，我就是不想让这个无良的医生赚我更多的钱，我讨厌他那么市侩地把生命和钱那么精准地挂钩在一起。我讨厌他把这样平等的生命用品种和其他人的好恶区分出来。并且我也能够清醒深刻地认识到，这进口不进口，跟价钱有关，但是对于减轻Nike的痛苦或者在药效上，也许并非那么有用。

我豢养宠物的消息在整个办公室不胫而走，众人皆知，轰轰烈烈，叹为观止。也不是没有人跌破眼镜，就如与我在工作战线上奋战了三年的编辑李曼，她就将我整个儿从头到脚地用目光疯狂扫射。

"高瑞沣……"我的全名在她轻薄的嘴唇里滴溜溜地打了个转儿，最后像一颗枣，囫囵吞下。

我知道她欲言又止，所以耐心地等待着，等李曼呵气如兰地在我耳边笑着说："你自己都没有养好，怎么还敢养狗？"

"那又怎样？"我高昂着头看着她，难道我会不清楚，其实，我自己一直都是一个表面体面、内里邋遢的人？

李曼就叹了口气，转身过去，手指轻轻在键盘上敲了那么几下，然后再回头，居然眼眶都开始渐渐发红。她耐心地提醒我："那小狗跟了你一定会很可怜！"

"胡说八道，你这简直就是诽谤！"我差点儿跳起来，用美少女战士的招牌姿势代表月亮消灭她。其实，不得不说的是，我心底是真的有些发虚的，因为我有换不完的衣服裤子，长的短的中的白的蓝的黑的花里胡哨的，我有将近四百双各色袜子、三百条CK内裤、两百双板鞋或帆布鞋……在这里，我真的没有炫耀的意思，我只是想用数字说明，我花掉很多积蓄在穿着上，并不是因为我很爱美（我天生丽质本来就是天然去雕饰），而是因为，我可以懒到一个季度不洗衣

服，三个月不洗袜子，半年不洗内裤，一年多都不用刷我的鞋……

我回到自己的电脑前，很明显听到李曼在外咳嗽了一下，她的QQ消息很快就传了过来："我想知道的是，晚上你们家Nike，吃什么？"

"我吃什么，他就吃什么。"我是不会亏待他的，当然，也不会因为他是泰迪狗而额外给他过多的优待。

李曼回复得是那么迅猛："你吃的，不外乎就是地沟油外加垃圾食品……"

"那又怎么样？"我对着电脑屏幕翻了一个白眼。

"你应该……"（以下省略五百字）李曼就跟自己很懂似的，随便百度了那么多那么多的资料来复制粘贴给我，这么一大长串儿的东拉西扯的文字，外加民间偏方，我觉得仅仅就只有狗粮排行榜还算稍微有点儿靠谱。

而我们家的Nike居然会可恶到不吃狗粮。你要知道我平时很忙，如果他不吃狗粮的话，那对我简直就是一种天谴。我刚开始以为是我买的他不喜欢，直到从宝路到卡比，中高低档来回试吃之后，我完全绝望了，他甚至连碰都不碰，闻都不闻一下。我就只好每天早上起床给他煮个白水蛋，再温热一杯牛奶。

他会比闹钟还准时地提前用他的舌头舔醒我。每天早上湿漉漉的我的脸，皮肤因为早晚坚持使用婴儿香皂而变得越来越好（以前早上起床只是简单用热水或者洗面奶），并且，我也慢慢将吃早饭变成自己的固定习惯。

奇妙的是，不吃狗粮的Nike并不是很挑食，他反而很杂食，肉肯定是喜欢吃的，就连鱼和虾也都不会放过。有一次我开了鱼罐头给他吃的时候，看着他那个兴奋的样子，突然间有种错觉，我在想，Nike是不是投错胎了？他上辈子也许是只猫也是说不定的。

炎炎夏日，我喜欢买路边摊儿的蚕豆。我吃蚕豆的时候，他就一直在身边蹭啊蹭的，故意装出很可怜的样子，用小爪子在我的膝盖上抓啊抓的。蚕豆也吃？我带着疑惑随便剥了几颗，最后他竟也吃得津津有味。更加诡异的是前几天家里没菜，我吃泡面给他吃榨菜他居然也吃得很开心。我在想，以后估计连肉也不用买了，给他吃包榨菜拌饭也许就可以了。总结下来就是，Nike现在成了我们家的垃圾桶了。

连着一个多月上药，隔三岔五地为他进行全身清洗，我最近勤劳得就像个处男。不要对这个词汇有过多的纠结和疑虑，毕竟你没有办法为我验明正身是不是？有种，你可以来……

除了几个较深的伤口，其他基本都在恢复中了。又过了一个月，基本痊愈，但那个最大的伤口旁边还有肿块儿，这说明余毒还有。果不其然，这个肿块儿后来又发作了两次，直到四个月后才彻底痊愈，那块儿皮肤才重新有了健康的颜色，毛也开始重新长出来了。

我跟逐渐健康的Nike也很快熟悉起来，他不再像刚来到我家的时候那么矜持了，他常常得寸进尺地"猥亵"我，比如他会跑过来先尝试性地舔我两下，要是这个时候我不阻止他，他就会开始继续舔，勇敢地舔，如果我还不阻止他的话，他就会把爪子搭在我的身上，然后疯狂地舔，而到了这个时候，你想阻止却已经来不及了，我只能无奈地想如果情况允许，他一定会想把我摁到地上一顿猛舔的。

不过，他也是很乖的，他会在厕所大便，我家住一楼，所以一拉开门他就会自己跑出去撒尿，然后吃完饭再拉开门，他会自己出去在小区的花园里玩儿。只是Nike从来不走远，只是在我们家单元门口的位置玩儿，这样只要我轻轻呼唤，他就可以在几十秒内回到我的身边。

最有意思的是每天下班的时候，我的钥匙刚刚塞进钥匙孔，他就立马激动得不知道怎么协调他的前腿后腿了，基本上都是前腿拖着后腿走的，嘴巴里还会不停地叫，那种叫声是很激动的，还会流尿，并且他还一定要叼个东西才会奔过来迎接我。他好像还有时间感，每天到我的下班时间基本上就会坐在门前的沙发上看着门，等着我的出现。

我喜欢在夜晚写字，我敲键盘的时候，他就在我的脚底板旁昏昏欲睡，我睡觉的时候他也睡，他很懒，很爱睡觉。有一次我半夜起来上厕所，经过他的时候，他还睡得迷迷糊糊的，但是居然眨着睡意蒙眬的眼睛，把胖胖的身体挪到旁边给我让路，我从卫生间想要出

来，结果发现居然推不开门了，原来他跟着我，挪到卫生间门口睡下了。可是卫生间的门是往外推的，他现在起码有个十几公斤了，就那么堵在卫生间的门口。

有时候Nike太黏人，就会被我不小心踩到。一次，我不小心踩到他的前爪，他条件反射地站起来就想要饿虎扑食，结果抬头一看是我，只一瞬间，马上缩回去，转身去扑他的玩具。

我会在心烦的时候，把门拉开，他就会自己出去玩儿，很乖的，丝毫没有怨言地出去玩儿，可是我从来没有想过他在外面一个人会是怎样的无聊和恐慌。有一次，我敲字敲到凌晨，到厨房里去给自己倒水的时候，听到窗口有晚归的路人路过，边走边聊天，他们在说："这是谁家小狗，下雨了，半夜还在外面一个人玩儿？"

我突然就想起了我的Nike，晚饭后就被我扫地出门，直到现在还没有回来。

我赶紧冲过去拉开门，他恍然不觉，我转过楼梯，看见Nike就站在楼道口，自己追着自己的尾巴孤独地转着圈圈。我以为他会生我气，我心虚地轻轻唤了一声，Nike就立刻停下了圆圆身体的摇摆，然后，像我们初次见面一样，色眯眯地、落寞地、可怜兮兮地看着我。

我的手指在裤缝有那么一瞬间抓紧，我蹲下来，他就很快冲过来。看着他兴高采烈地拥进我的膝盖之间，我低着头，然后把鼻子贴在他的小脑袋上，任他对我肆虐地舔。他的舌尖温温暖暖的，扫过我皮肤的时候熏熏痒痒的。

"哥哥真的很坏，是不是？"我轻轻说，鼻尖酸酸的，而我的Nike，却又激动得流泪了。

我很少带Nike出门，所谓的出门，是真正走出我们小区的院子的门，第一是因为我没有时间，第二还是因为我没有时间，第三依然是我没有时间，第四才是，我心底有小小的担心，他现在已经完全健康了，没伤了，更吃饱喝足，养壮养肥了，他会不会离我而去？我现在暗笑自己居然会担心Nike不要我了，我好像已经习惯了他的存在。不过，如果Nike真的更喜欢自由和流浪，我觉得，如果他真的跑丢了，我是依然会去贴寻狗启事，努力去找他的，最后，把竭尽全力而找不到，当成一种海阔天空的善意成全。

令我欣喜的是，Nike出了门根本就不乱跑。我从没用过项圈，他也从来都是亦步亦趋地跟着我。你看，我的杞人忧天真的是没有道理的，我的魅力果然也是持久有效的，这小子，他肯定爱我！很爱很爱我！爱死我！

有一次，走在小区门口的马路上，我亲眼看到一只小狗被车子撞倒。我很惊恐，在那一刻低下头去，下意识就要去抱住我的Nike，可没料到的是他却往那事故的最中心点跑去，我喊都喊不回来，就只能立刻追上去。我看到他努力想要把那只受伤的狗拖到路边，面对一辆辆呼啸而过的车辆，并没有一点儿胆怯的样子。我大叫着招呼着过往车辆，作为我对我的Nike的保护。我过去不顾脏污地把那只受伤的狗狗抱起来，他在我怀中那惨不忍睹的样子，我至今都不能忘怀，还有那些血腥味儿与黏稠的液体。

所有来往的路人都用异常惊异的目光望着我，我一概不管，我抱着那只狗，Nike跟在我的脚边，我闭眼只能往家走，我觉得我今天晚上一定会做噩梦的。

那受伤的狗肯定活不下去了，黄褐色的毛跟血块儿凝结在一起，整个下半身都是血肉模糊的，他只是愣愣地盯着我的眼睛，他的眼珠子漆黑漆黑的。我就这么把他一直抱回了家里。

我脱下身上的T恤把他放在上面，Nike只是不停地在我和那只狗的身边转悠，呜呜咽咽的，我不知道他是在哭，还是在说什么。

我轻轻摸摸他的头，我说："救不活了，没有办法，我们送他走，好不好？"

Nike依然呜呜咽咽的，他趴在我的T恤边，趴在那受伤的狗的旁边。那只狗只剩下游丝一样微弱的呼吸了，他的血沾在我的皮肤上，很不舒服，可是我没有动，或者说，我不知道自己还可以做什么，所以我就只能待在这里不动，静静地陪他走完最后的路。

我的腿麻痹的时候，就干脆坐到了地板上，而Nike只是轻轻抬头看看我，然后把他的头又放回到T恤边。很快，那只狗的身体完全凉了，我就把他用T恤包裹起来。Nike不止一次咬住T恤的一角，我都把他拨开，我告诉他："我们可以做的，只有这些了。"

这个偌大的城市，根本就没有宠物留尸的土地，就连花花草草好似都比他们要来得更加珍贵。我知道，如果我挖掘绿化带是肯定要被罚款的，所以，我只能，也只可以用我的T恤把他包裹起来，尽量收拾得干净一些，然后用一个品牌的硬纸袋和透明胶把他封死在里面。

在分类垃圾桶前，我犹豫了很久，黄绿蓝三色，我应该选择谁？最后把他搁到厨余垃圾里。

往回走的时候，我觉得这个分类并没有错，他的生命确实被这个钢筋水泥、铜墙铁壁的冰凉的城市给吞噬掉了，最后，消化在所有人的冷漠里。

那个肇事的司机，刚刚是扬长而去的。

Nike在这件事儿以后，好像变得沉静了很多，他更喜欢在我的脚边睡觉了，更懒了，黏我黏得更紧了，所以，我就经常能在熬夜工作的闲暇，看见他睡意蒙眬而又含情脉脉的眼。他的每一次的暗送秋波，都能及时激发我所有的怜爱。所以，现在的我，尽量能准时回家就准时回家，我尽量拨出一些私人时间给他，我这样的变化，连李曼也有些惊讶，她说她没想到我也会变成狗痴。

我不太明白"狗痴"是什么意思，所以就上网搜索了一下，原来并不是什么褒义词，它的意思是讽刺有些人太过把宠物当回事儿，中了狗的毒。

其实，我很想告诉那些成天说别人是狗痴的人，成天嚷着狗

我会把竭尽全力的寻
找，当成一种海阔天
空的善意成全。

他为我们做的远比我
们想到的多得多。

有病很脏的人，成天嚷着要把狗赶尽杀绝的人，其实狗不是你们想的那样，谁也不是狗痴，谁也不会中他们的毒。为什么会觉得狗是我们的家人，是我们的朋友？我觉得他们虽然不会说话，但是他们做的很多事情往往都不需要用语言来表达，点点滴滴当中，他们有时候明白的事情比人类深刻得多。

人总是自私的，在禽流感的时候，我们杀鸡，在狂犬病的时候，我们就去灭犬。我只能看到人类凶残的面貌，因为在我们拼命要打死他们，赶走他们的时候，他们并没有反抗。其实他们的牙齿很容易就能咬断我们的手甚至脖子，但是他们并没有这么做，他们只是在傻傻地努力地活下去，只要他们出生了，他们就会拼命地活下去。

所以我希望更多人能给他们更多的宽容。我不会让我的Nike再去流浪，至死都不会！

他的命运在我们看起来也许很轻微，但是因为生命的责任，所以他注定成为我生活里的不可或缺的一个部分。他是我生命中应当去承受的轻微，尽管我很忙，也尽管，这跟我的帅气没有任何关系。

# 离别

【拼音】

lí bié

【释义】

比较长久地跟熟悉的人或地方
分开。

# 三寸温存 /萧天若

畅销书作家，双鱼座，爱清静。

代表作：《海棠春烬》。

这是最寻常不过的一个周末。夏日苦热，暮色漫长，明明没有任何的食欲还要打持久战般认真对待面前的几菜一汤。晚饭吃完了，天还没彻底黑透，照例收拾完了碗筷就往自己房间走，刚到门口儿，忽然听见老爹急匆匆在厨房那边的阳台上大喊一声："快来快来！"

"怎么啦？"急急忙忙地奔过去，二了吧唧没看准方向，膝盖咣当一下撞在餐厅推拉门边上，顿时疼得龇牙咧嘴。自从去年冬天老爹的心脏出过一次状况之后，我和妈妈着实被吓到了，时时刻刻如临大敌，提心吊胆以防万一。但等我揉着膝盖跳过去时，站在窗边的他老人家却笑得有点儿小兴奋，孩子气地指着窗户外面的某个方向给我看，"刚刚走过去一只猫，很像小白啊！"

我愣了一下神儿，老爹已然拉开纱窗，"你快来看看是不是她？"

我探出头去。暮色里确实有一只白猫的背影，却隐匿在昏沉模糊的暗处，看不太清。隔着几层楼的距离，只能看见她没被车子挡住的一条尾巴和优雅的臀线，然后，那只猫散漫的步伐突然转了一个弯儿，消失在楼角的黑暗里，再也寻不见。

我关上窗子，回头看一眼老爹，"看不大清，应该……不是吧。"

我常常恨我自己，分明是梦幻柔弱不切实际，感性到令人发指的双鱼座星人，却偏偏有个冷静理智随时随地提醒自己现实得要死的破毛病。就像这会儿，其实很想骗自己说，是的，那是小白，小白回来了。哪怕只有一瞬这样的念头也好，哪怕下楼找寻失败后再幻灭也好。可是，很无奈的是，我就连这样虚无的一点儿安慰都给不了自己，因为只那遥遥看去的一眼，掠影匆促的曲线，我就清楚地知道，方才那只漂亮的白猫，不是我最最亲爱的小白。

掩了房门，我突然叹息。不只因为内心的一点点失落，更是因为……小白，你看，不论是遇见你的四年前还是失去你的四年后，这个人类的内心，仍未摆脱那样的奇怪的构造，永远不能像你那样恬淡单纯。

遇见她的时候，奇怪的人类刚刚失业两星期。

失业之前的奇怪人类生活在西安。那是二〇〇八年。辞职的日子很好记，五月十二日。那天中午我理顺了报告，终于把决定辞职的消息扩散了出去——QQ群上顿时一片人马沸腾，有问你是不是疯了的，有问是不是要结婚嫁人的，有问是不是跳槽寻高枝儿的，还有问……嘈杂声里默默收拾完了桌上的东西，我坐下来敲一行字扔过去：没，我只是，想家了。

或许不是每个人都能一直习惯漂泊，并在这样的日子里始终坚持最初的热血和奋力拼搏。我就是这样，漂了几年之后，终于慢慢发现，那个城市，再怎么繁华再怎么喜欢，心里也找不到基本的一点儿归属感。来来回回的奔波忙碌和压力山大的工作强度，也让我渐渐觉得疲惫不堪。适逢其时，母亲大人小病了一场，电话那头儿随口说一句白天要独自一人去医院打针的话……这头儿握着手机的我心里就抖了一抖。那一刻的愧疚仿佛是压垮骆驼的最后一根稻草，霎时间就碎裂了我本来就脆弱无比的内心。纠结数日之后，到底还是下了最后的决断，打电话约顶头上司一起吃饭，并正式提出，请找人来接班。

现在想想，这么多年，我唯一没有变过的，就是这一点：胸无大志，小富即安。我不想继续过加班赶工到天亮睡一觉再去上班的日子，还拼命麻醉自己说这是在为事业而奋斗，为党为国献青春；也不愿意再看见老妈发烧打点滴时身边一个人都没有，自己只能对着电话叹息，可以给她的安慰只是物质和钱。

忙忙碌碌的现代人太多，不缺我这废柴一个。上司姐姐是个很和善很好沟通的人，几番劝解挽留后终于答应了我的要求，很快便开始物色新人。交接工作需要时间，但不会太久——于是五月里我忙着打包行李，想方设法把在外数年的家当往距离一千多公里远的山东搬……

忙忙叨叨就到了十二号，大抵是尘埃落定的感

觉，吃完散伙午饭，回办公室正式交了报告。

嗯，是的，其实从看见这个日子的那一秒你就该猜到，就在我老人家满心欢喜交完报告五分钟后，倒霉催的……地动山摇。

二十六层楼高，抱着头，缩在屋角，听着身边的人大声尖叫，看着一片片玻璃和墙砖砸下来，花盆摔碎掉。

从恐惧到没有时间恐惧，大概只用了一秒。空白过后，满脑子只有求生的欲念。地震稍微消停点儿，赶紧往外跑。

大厦的安全通道里到处都是人，黑洞洞黑压压乱糟糟。不知走

她大概不会明白，不是每个人类都对动物心怀善意，更不是每个人类都喜欢猫。

了多久我才想起来，忙乱逃生的自己浑身上下干净无比，不但没带手机钱包证件，甚至兜里都找不出一张毛票。但那会儿也顾不得这些了，满心只在想——不行啊！还是得赶紧跑出去，可不能死在这里，毕竟已经辞职了，这可不给算工伤的，再说我可不想跟一堆不认识的人死在一起……

　　事后，据保洁员说，光是从楼梯间里捡出来的鞋子就有一推车，足见当时的凌乱。慌乱忐忑之中，也不知接近三十层的楼梯自己究竟是怎么走下来的，只知道当我再次站在太阳下的大马路上时，二环路上乌压压站满了人，而自己的两条腿，已经抖得站不稳。

机票定在十二天后，原本是想留一点儿闲暇将这个城池好好铭记，结果却变成了劫后余生的庆幸和兵荒马乱的逃离。

手机时不时传来可能有余震的消息，民间传闻和官方辟谣搅和在一起。公寓楼下的小广场上堆满了床垫，夜幕降临后承托起横七竖八的一坨坨睡意。每天晚上都要衣冠整齐地躺下，脑门儿上顶着个靠垫以防万一，打包好的东西就放在一侧，从公寓楼门到自己房门，大门小门一律洞开——

迷迷糊糊地睡着，还在想，要是真又地震了，有没有本事在最短时间内奔出去？

最后的事实是一次都没奔过，余震依稀发生过那么几次，但睡死过去的家伙完全没有感知……到后来，朋友再打电话问要不要一起去某紧急避难场所过夜的时候，我打着哈欠反问她说："天天这么折腾，你们不困啊？"

十二天后，飞机落地济南，终于可以长长地松一口气。波折回家，心里却仍有一丝忐忑，妈妈在楼下接到我，笑一笑说："到家了，就终于可以放心啦。"

我环顾四周，没有被地震波及的地方，最恬淡不过的初夏的正午，树叶子在大太阳底下闪着透亮的绿，蔷薇花密密匝匝开了一团，天气已经很热，但还好，并不觉得暴躁……

拖着巨大的行李箱子进楼道时，我突然看见她——

一只慵懒的白猫，正弯着身子蜷在阴凉底下，半梦半醒地睡午觉。见有人走过，不惊不躲，反而伸了一个长长的懒腰，睁开眼睛望着我，微微抬了一下头，很轻声地，叫了一声："喵。"

这算是，打招呼吗？

我冲她笑了笑，不知为什么，心里某根一直紧绷着的弦，突然间松弛下来，整个人都觉得安定了。

我问妈妈白猫的来历。妈妈答不上来。不止她，整栋楼的人都说不出这只猫何时出现，从哪里来——唯一可以肯定的是，我遇见小白的时候，她已经成年。据说那时她已经做过一次母亲，只是非常不幸，一窝生在隆冬里的小猫，到底还是没能顺利活到第二年生机勃勃的夏天。

听出来遛弯儿的邻居说，小区里有很多这样的"野猫"。后来每天买牛奶买青菜买早饭的路上，晨光中或是暮色里，我也确实遇见过几只。他们维持着猫族一贯的传统，行踪飘忽，偶尔抱团，但又有各自固定的地盘儿，楚河汉界划分明显。

譬如我家这栋楼，便是小白的固有地盘儿，隔壁楼和楼前的车库则属于一只灵巧的花狸猫。前面那栋楼是一只长得很像奶牛的公猫的地盘儿，那家伙身强体壮彪悍异常，很有威武霸气的地头蛇风范，势力范围以楼前小花园为中心向周围扩散，很大一片都算是他的地盘儿。

以己度人，我猜想猫的世界应该也是不那么容易混的，尤其他们都不是什么家宠，没有矜贵的优雅和刁钻口味，信奉的无非是弱肉强食。漂泊在外的孤零个体，物竞天择你争我夺的规则里，能剩下小白这么一朵奇葩，实在是很不容易……

她真的是一朵奇葩。作为一只肤白貌美、娇小羸弱的女猫（如果不是之前生过小猫，后来又再没怎么长大过，我总会觉得她仍未成年），如何能在流浪猫群里拼杀出来，给自己挣得这一席安身之地，首先就是个大问题。

于是，我开始猜测她的出身，那么安静那么亲人，实在没有流浪猫该有的野性，但从周围邻居们的口中和我后来的观察，她却又是真的不愿意跟人类一起生活。而且小白的长相……虽说作为一只猫，实可算得上是一身白毛无杂色，长相娇俏惹人怜，但半长不短的尴尬白毛和一望便知的混血血统，注定了她既不会出身于高价的宠物店，也不会生在街头猫贩子坑钱的箱子里。所以，一直到现在，我都觉得小白就是个谜，不知从何而来，不知往哪里去，蓦然出现又凭空消失……

又或许，她注定只能是一个谜。

六月，还没解开小白的身世之谜，我便掉到了失业人口身份的深深困扰里，无暇他顾。自问也算有点儿脑子的人，辞职之前各项准备工作做过很多，心理建设也搞起来了——暂时没有收入，没关系！旁人不解目光，不理会！我铁了心拼了命地辞掉工作想要过恬淡自由的小日子，可这每天睡到自然醒来就能有饭吃的好日子才只过了半个月，我便忍不住跟老妈吐槽抱怨，甚至一度憋屈得掉下泪来……

曾经忙碌的工作没有压垮我，离职后的宁静时光却让我整个人从里到外地焦虑。

六月的天，我在房间里徘徊打转儿。所有的准备和心理建设里都漏掉了这一点：我可能会，不适应。我以为自己是当断则断，却没想到奋力狂奔了好几年，突然间踩刹车停下来，势必是要撞得头破血流的道理。我不是楼下的猫，大白天没事儿做可以找个阴凉地儿睡午觉伸懒腰。在习惯了紧张和忙碌，天亮时分掐着表算好告诉自己还可以睡多久的日子之后，突然间无所事事、找不到重点，只能在屋里转圈圈的人生，足以逼得人想发疯。

三年后的某一天，无意中看了一部叫作《小猫跳出来》的电影。剧中退休的火车司机大叔有一屋子的时钟和无法克制的强迫症，还有面对家常生活的无所适从。画面中悠长静谧的夏日时光让我会心微笑，强烈共鸣，而看着被困在房顶下不来的尴尬大叔和一只只可爱无比的猫咪时，脑海里不由自主闪过的画面，便是那一年暴躁如困兽的我，和自阴凉处抬眼望过来的小白。

所以后来，我很愧疚地在想，自己接近小白的初衷一点儿都不干净清透，完全可以算是一种蓄意的阴谋。我很喜欢猫，我更需要给自己的焦虑寂寞无所事事找一个突破口，百无聊赖中，忽然站在花坛边上学着叫了一声"喵"，然后，正在冬青树丛底下纳凉的小白猫不知怎么，霍然起身，直直向我奔来……

我想我那一刻的表情一定很糗。因为这只"野猫"，颠儿颠儿扑过来之后，既没有一爪子挠我这个乱学猫语的浑蛋，也没有跟眼前这个陌生的庞大人类保持距离。

她扑过来，然后直截了当地，挨在我脚边蹭。一边蹭，一边喵喵叫，像是亲昵，更像是撒娇。

半分钟后，她已经贴着我的脚面在地上打起滚儿来……

几年后，我终于揣摸出一句足够贴切的话可以送她，只可惜那时候的小白已经不知道流落到哪里去了。倘若时光可以倒流，能够穿越回当初那个下午，我想我低下头去抚摸她之前，一定会对着翻滚在地露出肚皮的那个家伙先说一句：

亲，你的节操掉了。

小白脑子里显然是没有掉了一地节操的概念的。不过，从她跟

从小到大，我始终坚信，对动物好的人心地一定坏不到哪儿去。

周围的猫邻居们不太友好的关系这个侧面，我大概能猜到其他的猫肯定是嫌弃她把野猫一族的脸都给丢尽了——

这孩子太过于亲人。她不但不具备流浪猫对人疏离防范戒备的本性，甚至亲人滥情到比宠物猫还没有下限——朋友家的宠物猫也不是对谁都亲的，遇见看不顺眼的家伙，一早远远逃开，不高兴了还干脆利索地给上一爪子。而小白……最初我以为，她是跟我投缘，所以格外亲近。后来才发现这家伙压根儿就是对人类不设防线，不管是谁，叫一叫她，或是招招手，她就会颠儿颠儿地凑上前。有段时间我一度怀疑哪怕陌生人勾一勾手指头她都能躺下来打滚儿——不过谢天谢地，起码在我视线之内，露肚皮这种事情真的没有再发生过。

但我还是日日担忧。一只流浪猫，对人如此不设防，受到伤害的概率势必很高。很长一段时间里，每天看见她我都在纠结，一方面高兴于她对我的亲密，另一方面则又忧心忡忡怕她因此被人伤到——小白一根筋的脑子大概不懂这些，而我这个复杂的人类却清楚地知道，不是每个人类都对动物心怀善意，更不是每一个人类都喜欢猫。

我怕她着了坏人的道儿。

所以常常，她在冬青树下的碗里吃饭，我蹲在一边对着她的脑袋絮叨，"你个二货，别谁招手就跟人跑！陌生人给你吃的东西也要试探一下再吃知不知道？"

我估计我是白说了，那些话她听不听得懂是一回事儿，就算听得懂，记不记得住改不改得了又是一回事儿——自始至终，小白同学都在埋头大嚼特嚼。就算是听懂了……我想那些话，大概也都被她就着饭吃到肚子里去，然后拉出来埋在花坛里变成农家肥了吧？

小白在跟人保持距离方面基本没有脑子，但这又或许正是她的聪明之处——人与人之间还有个伸手不打笑脸人的成规，更何况是一只温柔亲人的弱质女猫。早在我回来之前，她在这一带就已经很吃得开，退休在家的中老年妇女阿姨们大多很喜欢她，隔三差五不忘在窗口楼门呼唤几声，给她送些残羹剩饭小鱼小虾。

相比家宠，这样的日子可能算是非常糟糕，毕竟我认识的许多猫奴朋友都是自己啃泡面也会给猫买进口罐头……但是说真心话，那个时候的小白，其实过得比她绝大多数同类都更滋润，因为即使威武彪悍如奶牛，我也曾在垃圾箱附近见过他的身影……

开始喂养小白之后，我渐渐跟一栋楼上的阿姨们熟悉起来。隔壁单元的阿姨家里养了两只狗，但这丝毫不耽误她喜欢猫，我常常隔着窗子看见她给小白送吃的过去，而妈妈也曾无意中说起，当初小白在寒冬生下那窝小猫的时候，也是这位阿姨，在自家楼道里搭了个窝给她安身的。

从小到大，我始终坚信，对动物好的人心地一定坏不到哪儿去——反之亦然。所以打那之后，每每在楼下遇见，都会主动跟这位不熟悉的阿姨攀谈。慢慢熟了，知道了她养的两只狗是一对母女，从搬家过来开始算差不多也养了有十年，再熟悉些，便知道每天早上几点钟她会定时出现在楼下遛狗，每到那时，小白基本就能吃上每天的第一顿饭……

平淡的生活来自于点点滴滴琐碎的累积。暴躁的六月过去，我开始试着适应一个专职作者的生活。整个漫长的夏日我都昼伏夜出，抱着笔记本写稿到天亮，窗外晨光大亮鸡鸣犬吠的时候，往往还没有去睡。

关了电脑，扭头去看窗外——

　　小白正姿势优雅地蹲在花坛里便便，旁边是一丛月季和不知哪位邻居见缝插针栽下去的几棵小葱。养狗的阿姨们凑在一处闲聊，脚下的那几只狗彼此一早是老熟人了，你追我赶的倒也没什么新意。

　　我关了电脑，正想拉上帘子去睡，不知道哪个家伙出的鬼主意，忽见那只名叫皮皮的京巴忽然加速，冲着树丛后面刚如厕完的小白直直冲了过去——他的同伴在身后叫成一片。众狗组团去撵一只猫，真真不是英雄之道——我心里这么想着，嘴角却忍不住笑。而小白，猛然吃了一惊，自然立马看清了形势，拔腿就跑……

　　鸡飞狗跳的叫声让狗的主人们立马从聊天状态转为各自呵斥自家的孩子，"皮皮，站住！"

　　"贝贝，不许胡闹！"

　　但兴头儿上的小家伙们怎么可能理会主人的话呢，相比等下要不要被拉回家骂，很显然先逮住眼前这只小猫比较重要。

　　皮皮和贝贝继续头也不回地冲了过去，可怜的小白势单力薄，只能在花园里面绕圈儿跑。

　　那几个家伙显然早有预谋，其他几个帮凶早在周边布阵，三角合围，把花园围了个水泄不通。跑是跑不出去了，小白紧张之下，一个脚滑，差点儿被从侧边扑过来的某个家伙逮到。

　　我有点儿担心，本能地想冲到楼下去给她帮忙——是的，我就是传说中那种护犊子的主人，虽然小白她并不是我的猫。但作为一枚曾养过猫的人类……小时候我家的猫跟别人家猫打架，我总是挥舞着扫帚张牙舞爪冲锋陷阵在第一线……

我很感激小白这个家伙，她比我曾经养过的那几个笨蛋更有脑子——那几只笨猫打不过人家的时候只会跑回家躲在我身后让我替他们报仇，而小白，在发现真真大事不妙眼看就要被狗抓到的瞬间，噌的一声蹦到半空……

优美如体操运动员一般，在空中划出一条弧线，然后，她稳稳地抓住了花坛里那棵紫荆树的树干。

我悬着的心立时放下了。

几只狗追上来却扑了空，很是愤愤地在树底下看着她叫，但已是无计可施。小白则蹲在一丛花树的枝杈上，虽受惊瑟瑟，不敢下来，却也到底免了被狗蹂躏这一遭大罪，斜睨向下的目光里，依稀也有些许"小样儿，有种你上来"的得意。

后来我才知道，似这种狗撵猫的戏码，其实也都是家常便饭，这栋楼上的几只小狗都是小白的老熟人了，隔三差五，时不时会来上演这么一出。

贝贝主人跟我说，就算追上了，他们也不会真的去咬小白……不过是嫌弃周围都是熟悉面孔，了无新意，只想寻个乐子让小白陪他们玩儿罢了。

我笑笑，表示理解。

但后来也真的遇见过心怀叵测的——同一小区，隔两条街远的距离，有人豢养大型犬只。我不懂狗，搞不清那是怎样的品种。唯一可以肯定的是，他们家的狗，撵起附近的流浪猫来，是真的下狠手。

最可恨的是，主人压根儿不管。

当我遇见的时候，小白已经被吓得惊慌失措。就算她跳上紫荆树也没用，那树太小了，勉强挡得住京巴之流，却禁不起一只大狗的用力摇晃。

我从小都是怕狗的，见了狗基本上绕着走。但那会儿真也顾不上了，直接冲了过去，随便抄起点儿什么便要砸过去。

狗主人这时候慌忙现身，斜刺里冲过来把自家狗拉到身旁，"你干什么？我告诉你，你敢动我家狗你试试！"

"他敢咬猫你给我试试！"瞪什么瞪？比什么？谁比谁更凶谁比谁更横？我虽骂不了一只狗，难道还训不了你一个人？

"野猫而已，又不是你家的猫，你凶什么啊？"果然是硬的怕横的，横的怕不要命的，外强中干的货色，一遇见更凶残的立马服软，"再说这不是没咬着嘛还。"

我瞪他。"不是我家的怎么了？没有主人就等于谁都可以随便欺负？"

狠狠又是一眼，大抵有点儿像是奶牛猫霸气侧漏的地头蛇风范："你可以不喜欢她，你可以瞧不起流浪猫，但你不能因为她是个流浪猫就随便欺负她，更不能伤害她！"

说罢，丢一个"再让我看见你家狗咬猫我连狗带你一起弄死"的威武眼神，抱起已经吓傻了只会死扒着树的小白，转身走人。

贝贝的主人就是隔壁楼那位好心的阿姨。除了吃的，她还每天定时给小白送一碗水放在花坛的冬青树下。偶尔碰上的时候也会问我，"昨天刚在楼上看见，你是不是又给小白吃了鱼？"

是的，给小白吃的最多的，就是鱼。

老爹是资深钓鱼发烧友，每个周末雷打不动的活动就是钓鱼。带回来的鱼放在冰箱里，陆陆续续就都成了小白的口粮。

我试着买过猫粮给她。但后来发现，她似乎更热爱生腥的食

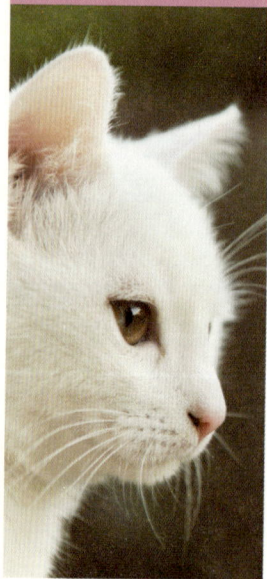

物。在吃这个方面，小白秉承了一只流浪猫的全部特点，她不太挑食，在有得吃的时候，几乎什么都吃。

刚开始喂她的时候我还有所顾忌。直到看见一条还活着的鲫鱼，蹦到半米的高度上被她狠狠摁倒在地，然后，咔嚓一下，咬过去。我承认这一幕多少有点儿血腥气，但唯有那一瞬间，小白终于具备了一只"野猫"的凛凛野气。

我悬了很久的心也终于可以放下来。

她咔嚓咔嚓吃鱼的时候我抚摸她的脊背。心里默默说，二货，我终于不用担心你会被饿死……她能逃脱狗的追捕一跃上树，也能三级跳蹦上比人高的车库，一爪子摁住满地乱蹦的活鱼。我知道这对一只猫尤其是流浪猫来说根本算不了什么，但起码这些可以证明，即使没有人类的庇护，我的小白她也应该有能力，让自己活下去。

这么多年来，我爸一直都很坚定地告诉我，猫爱吃的东西，只有鱼。不是耗子，不是猫粮，不是虾皮和馒头或者人吃的饭，而是鱼。

鱼。

所以小白的口粮一直都是鱼。每个星期有两天，可以吃到鲜的活的小鱼，剩下五天则是冻在冰箱里，每天解冻出来的鱼。当然其间还穿插着贝贝主人给拌的饭。

我的生活在秋天里变得很有规律，每天喂她吃鱼，蹲在她身后看她吃完，默默在楼下待一段时间，然后滚回家继续某个稿子或是一场游戏。

生活逐渐适应，但勃勃的小野心却还在继续。斗志就像藏在肉垫后面的爪子，时不时地露出来挠一下心。

那时候我还没有清醒认知到一个职业作者到底是怎样的概念，始终觉得不让自己荒废的方式大概还是要找点儿事儿做，一份职业，或者说，一个可以盛放自己能力与热情的工作。

当然，这些七七八八的事情还可放到以后再说。当务之急是——

小白没有鱼吃了，怎么办?

天气逐渐变冷，老爹出去钓鱼的机会已经很少，于是相应地，小白的口粮便成了问题。虽然她很乖巧什么都吃，换别的饭我想她大概也不会抗议，但一个夏天和秋天，我眼睁睁看着她吃鲜鱼养得油光水滑膘肥体壮，哪里还愿意用其他东西瞎凑合?

再说，就算平时吃别的，时不时地，也得改善一下生活吧?

那场婚宴开在数九寒天。所以我特佩服袒胸露背披个披肩就敢站酒店外边迎宾的新娘子。

闹哄哄的酒席，觥筹交错推杯换盏。忍着头疼终于挨到散场——

突然之间，灵机一闪。

大概是现在人生活太好，鸡鸭鱼肉满堆的宴席，基本上总是怎么堆上来的又怎么堆回去。席间注定是有鱼的，而那条鱼，注定又总没有人动几筷子。

清蒸的，没啥味道，小白可以吃。

这鱼很大，她应该会喜欢吧……

我叫了服务员过来打包，自己桌上这条，还有……一不做，二不休！还有旁边那桌的，嗯，那桌的，还有那边……

打包打得正起劲儿，突然有声音从身后传过来，"你这是干吗？"

回眸，一熟人正匪夷所思地看着我。"呃……"支吾几声，索性把心一横，"打包，带回去喂猫。"

"咦，你养猫了？"

"楼下的……"

"哦哦。"他笑起来，往外走去，突然又想到什么，扭过头来喊一句，"我看所有桌子上的鸡好像也都没人动，一起带回去吧别浪费了……"

我想我出门的时候大概是被人侧目的吧。走在回家的路上，我几度……有神地很想扯开嗓子唱一首八十年代的流行歌曲。

"左手一只鸡，右手一只鸭，身后还背着一个胖娃娃呀……"嗯，不对，这词得改改，到了我这儿，必须得改成："左手一堆鸡，右手一兜鱼，身后的目光是压力山大啊咿呀咿呀喂……"

我到现在都记得那天。雪夜，月光明亮。我走到楼下之后没有直接上去，而是直接呼唤小白。两分钟后她从贝贝家楼道里奔出来，然后，冬青树下老地方——

那条清蒸鱼，还温热着。

她甩开腮帮子大嚼夜宵，我踏着薄薄的积雪走回家去。

虽然在酒店很丢人，但心里却很高兴。一条鱼的热量，应该可以够她，应对那一夜的北风。

看到这里，你或许想问，为什么我不收养小白？

苦笑。

不是没有动过这个心。

但这个家伙，真的是一朵奇葩——她藏身之所远胜狡兔三窟，但很固定的是，刮风下雨大冷天，自然会进楼道躲着。很长一段时间里，我们家大门口的门垫儿就是她的容身之所，又或者她饿了的时候，会在门外，"喵喵"叫上几声。

我曾试着开着门，让她进来。

但每一次，都是一样的结果。她会跟你要吃的，或在门前趴着，躲一场风雨，避一场雪，又或是睡一个小觉儿，但你开了门让她进来的时候，她又异常坚决地，不肯越雷池半步。

我曾试着抱她进门厅，但结果是她退回去，退到门外的垫子后面。给她拿吃的，也只是在门外吃完。

我不能理解这是怎样的思维模式，只能对自己说也许她更喜欢固有模式的流浪猫生活。跟人亲近，但并非彻底的没有距离，接受人类给予的食物和照顾，但不愿意进入一座四壁雪白的监牢，从此变成宠物被人束缚。

那么，便这样继续过下去，不强求了吧。

冬天开始的时候我找了份工作，不必坐班，却承受着跟从前一样沉重的压力。试着一切从头来过，告诫自己努力认真对待。

但几个月后，还是发现事情并非如我想象那么简单。个人的努力可以重来，但集体的协作无法复制。倾注了热血和努力的最后结果，居然是换不回合作方一点儿最基本的尊重和信任。完全新生的刊物，最重头的策划，推翻几次熬了几个星期才做出来的东西，居然会因为"觉得字有点儿多"这样一个简单的理由，被硬生生砍头去尾，直接肢解。

不是修改，不是推翻。

只是最简单的一个处理，直接砍成前言不搭后语。

看着被外行粗暴肢解且已成定局的稿子，完美主义者表示彻底的怒不可遏，但隔着电脑和电话，我无从发泄自己心中的怒火。

数月之后，再一次暴躁如困兽，一个人大半夜在屋里狂兜圈子。

然后，三月料峭的倒春寒里，我披衣出门，摸黑下楼。

我觉得，在那样濒临失控的时刻，大概唯有凛冽北风，可以吹熄心头的怒火。

凌晨三点的夜很静，整栋楼上已经没有了灯光，就连唯一剩下的那盏路灯，也是晦暗昏沉着的。

我坐在花坛的边沿上，大口大口地做深呼吸。冷冽的空气穿过鼻腔进入肺里，整个人不由自主地打着冷战。

我一直在发抖，但是却分不清自己发抖到底是因为太冷还是因为生气。

灰暗的人心隔着肚皮，你看不通透那些冠冕的话语之下到底藏了什么玄机。那一刻我突然觉得厌倦，职场里多年摸爬滚打，比这更过分的事情见过很多，也不是没委曲求全过。可是，为什么，这一刻……突然觉得，累了呢？


我不知道小白是什么时候来的，也不知道她是从哪里冒出来的。

她在这栋楼里有很多个据点，不止我家一个，我不知道她那天晚上为什么会从楼里跑出来。也不知道她期期艾艾蹭过来，跳上花坛石阶凑到我身边侍候，心里在想些什么。

我伸手摸摸她的头，"饿了？可是我没东西给你吃啊。"

小白"喵"了一声，一如既往地，很轻。没有失望离去也没有嫌冷躲起来，而是蹭得更近些，贴着我的腿，在旁边趴了下来。

我还在抖。

我能感觉得到她也在抖。

三月的夜里真的是太冷了。我在那儿坐了很久，身下的石头依然冰凉。我觉得自己像坐在一块儿冰上。

可我有大衣。

低头看一眼身边的小白，我把她抱过来放在自己膝上。

"你也很冷吧？"

"这么深的夜，谢谢你来陪我。"

小白自然不会回我，也没有再叫，只是伸了伸脖子，将下颌放进我的手里，慢慢地，摩挲着。

直到此刻，敲下这些字的时候，我似乎仍能感受得到，那个三月的深夜，寒风刺骨的夜里，整个人都被冻透了的时候，手心里那唯一的一点点温热感觉。

柔弱地贴在掌心里，隔着白色毛皮。她不会说话，却在我最孤独挫败的时刻陪我度过。一只猫给不了我更多，但那仅仅三寸的温存，足以让一个暴躁的人类，平复下心中所有纷杂的情绪。

我的一个朋友说，她遇见她家猫的那天，她家猫隔着笼子，拼命伸着爪子，冲着她挠和叫。神情切切，犹是焦灼。于是她就猜测，说这是不是上辈子跟谁有约，结果这辈子自己忘了，对方却还记得？于是便把那只猫咪带回了家，相依相伴直到如今。

我总在想，我跟小白，算什么呢？

前生，擦肩还是回眸？又或者有怎样的一段故事？换来这一世我喂她许许多多条鱼，她在那样深的一个夜里，还我三寸，永恒的温存？

我不想写小白的结局。

却又不能不提。

虽然对我来说，那是一个谜。

两年后的某一天，在皮毛光滑出落得更漂亮，又做了一次母亲，并继续吃鱼顺利带大了三个可爱的孩子之后，她和她的孩子，一起消失了。

四只喵星人的失踪，只是一夜之间的事儿。

就像没人知道她从哪里来的一样，我问了周边的很多人，没人知道他们去了哪里。我找遍了小区里所有她经常出现的地方，晒太阳的屋顶、躲风避雨的楼道、定期施肥的花坛，还有狡兔三窟的暗道。

所有这一切的地方，都没有小白的身影。

心里很失落，但不是非常难过。我相信小白不会是遭遇了什么

前生，擦肩还是回眸，换来你对我永恒的温存？

不测，我想她也许只是忽然想换个地方生活——或许跟她的孩子们一起她需要更大的地盘儿，或许她春心荡漾跟某只路过的男猫跑了……

总之，她轻轻地转了个身，丢下一串儿的谜团，而我大概会有很长很长的时光，可以去慢慢地猜测。

喵。

小白，我想你了。

不管你在哪儿，我都希望你，过得好。

# 谢谢你爱我胜过自己 /犬犬

畅销书作家，爱狗成痴，

生活中绝对不可没有犬类陪伴。

代表作：《第一皇妃》。

常有人问我："你怎么那么喜欢狗呢？"

我会回答："喜欢狗要什么理由？"

山姆·巴特勒曾说过：一只狗带给人最大的快乐就是当你对他装疯的时候，他不会取笑你，反而会跟你一起疯。

达尔文也曾说过：对人的爱已经成为狗的本能，几乎不容置疑。

而我想说，狗是唯一爱你胜过他自己的生物。

这个理由够吗？

足够了吧！

但，也有很多的人喜欢狗，却不会去养，原因是狗有体臭、爱乱撒尿、爱吠、爱乱咬东西，有时还会咬伤人。比起猫，狗真是毫无优雅感，甚至略有些粗鲁，这些我都承认，狗的确有不让人喜欢的毛病，但在人为的调教下，这些毛病是完全可以根除的。

要知道——世上无恶犬，只有坏主人啊。

狗对我而言，只有一个缺点，那便是他的生命实在太短……太短……

# 1

二〇一一年九月十一日，离中秋节仅仅差一天，十五岁的老贝像一颗陨落的星星，静静地离开了我。

十五年差不多是一只狗的极限，很少有狗能活到这个岁数，按照人的年龄，他已是百岁老人了。但老贝从没有在行为上流露出半点儿老态，总让我以为他还能再活上十年，甚至更久。

殊不知，狗的天性是，为了不让主人担忧，即便死期已近，他也会努力表现出最完美的状态，甚至会在临死前在家中找寻不容易被发现的阴暗处，悄悄地，不让主人知晓地躲在那里，独自迎接死亡。

因为那样，他便不会看到主人的眼泪。

但，我的老贝还没来得及找到那个阴暗处便倒下了。

他倒下时的情景，像慢放镜头那般，一格一格地在我眼里无尽地回放，我只能傻傻地站着，无力地将这一幕变成这辈子都无法忘怀的悲伤。

十五年的朝夕相处，我从不知道最后的结局会是这样，老贝在咽下最后一口气时，眼睛是睁着的，即使是入殓时，他的眼仍睁得大大的。

有位熟识的兽医对我说：那一定是你对他太好了，他舍不得你，在死前很努力很努力地想要再看你一眼，所以当呼吸停止，当肌肉失去弹性，变得僵硬时，他的眼睛才会睁着。

我只当这话是安慰，却让我哭得更厉害。

好多好多属于我与老贝的回忆，一股脑儿地开始翻腾。

我有对他说，要他在新年时买一身超人装。

我有对他说，因为我涨工资了，所以要为他从下月开始买最好的皇家狗粮。

我有对他说，下周要带他去欢乐谷外的草坪野营。

我有对他说，明天，要带他去修毛，给他买一只花夹子点缀在脑袋上，一起过中秋节。

我更对他说，今天的晚饭破例让他尝尝鲜肉月饼的滋味。

现在我什么都说不了，只在泪水的迷蒙下，看着他被轻轻地包裹在布料里，装进一个盒子，然后通过老爸挖坑挖得脏污的手，埋进家门前的花园，没有立碑，没有焚香，只有一株小苍兰种植在上头。

我能做的，仅有撒上第一把土，然后将那只盒子掩埋到再也看

对人的爱已经成为狗的本能，几乎不容置疑。

不见。

狗食盆里那半只被弄碎的鲜肉月饼失去了品尝它的欢腾影子，被老妈拿到了花园里，摆在老贝的坟前。

老爸则坐在旁边点燃了一根烟，手不停地拍弄着微凸的小丘。我在楼上看着，有一刹那像是看到了以往在厨房，老爸抽着烟，有一下没一下地拍抚着坐在地上的老贝，那景象让我哭得再也看不见任何东西。

足足有一个月，我没睡好，即使到现在每每想起，我的心仍隐隐作痛，不知不觉会黯然神伤。夜深人静时，听不到他的呼噜声，夜显得格外冷清和阴森，我连闭上眼睡觉的勇气都没有，只好将电视机打开，借着无所谓什么节目的噪音转移思绪，逼迫自己不去想，不去念，更不去回忆。

尽管除了老贝，家中还有三只狗，可是仍无法让我从失去他的悲伤里复苏。偶尔在家里听到一些小动静，仍会以为他还活着，还在我身边。


## 2


老贝是一只西施串种儿，毛色纯白没有一丝杂毛，在他出生后的第五天，狗妈妈便遭遇了车祸当场死亡，那还是我读高一时的事情，邻居家的阿姨对刚出生便失去母亲的老贝很头疼，一九九七年时宠物医院或是兽医稀缺得紧，远没有如今这么多，要养活一只连眼睛都还没张开的小东西，想想都不太可能。最后，邻居阿姨冷下心肠想将他扔进河里，反正没有狗妈妈，他也是要死的，早死晚死一样要死，免得他在家不停地叫。

我实在不忍心那么一个小东西被扼杀，脑门儿一热将他要了下来，也不管自己是否有能力养得活。带回家的时候，还被老妈念叨了好久。他实在太小，和刚出生的小老鼠看起来没什么区别，但固执的我仍决定要收养他。

那会儿好在是暑假刚开始的时候，我有足够的时间养活这只还没睁眼的小东西。

但真养起来，却不是那么容易的，别说新生的狗不能喝牛奶我不清楚，连怎么给他喂奶，我都不知道。他那么小，上哪儿去找那么小的奶瓶？好在我机灵，找来了眼药水瓶——那种软塑料，前端细细的，差不多5毫升容量的眼药水瓶。我尝试着用眼药水瓶给他喂牛奶，别说，还真成功了！他吃了很多，但第二天就拉稀了

牛奶对于小狗而言就像泻药一样，他的肠胃根本吸收不了，我为此急得团团转，最后还是老爸想到不如用婴儿米粉试试看。

那时最出名的婴儿米粉便是亨氏，老贵的一盒，尽管不情愿，但我还是花钱买了两盒。在冲泡的时候，我还尝了几口，那味道还真不赖。我将米粉泡稀，再用药水瓶喂。起初老贝对米粉的味道抵死不从，无奈之下我只能用力往他嘴里塞，一来二去的，他倒也妥协了，还吃得津津有味。我并不知道小狗一天得喂几顿，只能寸步不离，听着他的动静，见他嗷嗷叫了就喂。就这样，我发现这小东西还真不是东西，一边吃一边拉，他住的小盒子里全是尿屎味儿，我只能不停地更换。好在是夏天，布料干得快，要不然以他的速度，最后只能垫报纸了。

见他的肚子沾满了粪便，我很想给他洗个澡，但听老人家说，小狗碰不得水，一般都是狗妈妈将其舔干净的，可总不能让我舔吧？我只好找了自己的旧毛巾，用热水浸湿后拧干，给他擦擦。擦的时候小家伙似乎很开心，不停地往我手上蹭，还未张开的眼睛根本看不到我，却总能蹭对地方，还会发出类似撒娇的声音。

我被萌得心头发烫，更坚定了要将他养大的信念。

几乎整个暑假我都没出过门，做暑假作业的时候也是在他身边伺候着。家里刚装了空调，我都没敢开，怕冻着他，我只能满头大汗地给他喂奶，擦身，换垫子。

时间也在这些事情中飞速前进，直到他张开乌黑晶亮的眼睛，直到他长出柔软又细密的毛，直到他可以下地，像无头苍蝇一样围着我乱转，直到他自己会吃饭了，直到他可以对着我吠了……

而我做的第一件事情，就是抱起他，对着他的小嘴儿，不停地乱亲，这一刻，我也终于放下了心。

三个月后，我才想起得给他起个名字，也没怎么思考，就起了一个"贝贝"——我的宝贝。但没过多久，我便亲昵地称他为"老贝"。

其实，本来想取"莱西"这个名字，《灵犬莱西》是八〇后爱狗一族都看过的电影，那时每个狗主人都会给自家的狗取这个名字，完全不去想这名字到底和自家狗搭不搭。

我没那么做，人家电影里的莱西是一只苏牧，老贝是西施，叫莱西，怎么想都觉得别扭。

三个月大的老贝，奶牙都还没有长全，除了乱蹿乱跳，就爱晒太阳。他像一团雪白的棉花糖，我一抱他，他就会哼唧哼唧地嗅我的手指，然后把每根手指都舔一遍。舔完手指还不够，他还妄想把口水往我脸上沾，我只好用力压他的脑袋，他不乐意了，开始用牙齿啃我的手指。

我只好耐心地抚摸他，放在腿上轻轻拍着，渐渐地，他就会安静下来，随着沉沉的喘气声，慢慢地进入梦乡。

末了，他还会翻转身体，将粉色的大肚皮翻过来让我欣赏。

他也是能吃的主儿，一碗饭加上火腿肠不到一分钟就吃得碗底儿朝天，连个饭粒儿都看不见，吃完竟然还想要，完全不在意那肚子已经撑得鼓鼓的了。

有句俗话叫猪身狗肚，意思就是狗其实是不懂饱为何物，只要有食物，吃破肚皮也是有可能的。

那个时候我也不知道一只狗到底该吃多少的量，又或者吃多少顿，那时电脑都还没普及，更别说百度搜索了，那都是很久以后才知道的知识。

狗的食量一般以他的脑袋大小为准，即一只狗脑袋多大，狗粮容积便多大，且狗必须按时喂食，不要想起来才给吃，那样会严重造成狗的肠胃问题。

再就是次数，你可以早晚各喂一次，也可以喂三次，不过两次其实就够了，吃得太多，如果没有运动，他会发胖的。与人一样，狗若胖了，什么毛病都出来了，别以为糖尿病、高血脂、高血压、呼吸疾病、心脏病是人类的专利，狗也会有。

不过，那时的我完全没有这个意识，只觉得那么小的家伙在家跑跑也就行了，万一像他娘一样被车碾到怎么办？当时也完全没有意只要想到他，他就会在我身边出现。而他想到我时，我却不能像他这般。

识到他在家里随地大小便有什么不对的，只是一个劲儿地跟在后头，他尿在哪里，便在哪里，我便跟在他屁股后头打扫消毒。

当然，这里面也有当时的家是私房的关系。我家的房子跟小洋房似的，有三层楼，可就是因为家太大，有时候他拉了便便，我都是等闻到味道了才会发现。

但在响应政府号召，上海郊区人民开始动迁到公寓时，我才意识到狗狗到处大小便是一件多么罪无可赦的事情。

必须纠正！

这时的老贝已经三岁了，习惯已经养成，很难再改掉。那时电脑虽然开始普及，但网络还没有，我只得拿出零用钱上书店买有关养狗的书籍研究，一买就是六本，看得眼睛都花了，只总结出一个理

论：改不难，重在主人如何行之有效地去做。

狗的智商有限，如果他在家里尿了一泡，过后你才发现，即使马上对他大呼小叫，他也只会用很无辜的眼神回应你，因为他完全不知道自己错在哪里了。你必须在他尿的时候当头喝止，或者很无耻地将他的鼻子按在便便和尿尿里，他才会清楚自己到底错在哪里了，这个时候教育方能体现效用。

于是，我开始不停地盯着他的动静，采取紧迫盯狗的方式，就跟警察在街上捉贼似的，连眼睛都不敢眨一下，只等他"犯案"。

以狗的智商排名，西施犬的智商远不如边境牧羊犬和泰迪贵宾犬，这两种犬或许三四次就能明白，但西施犬没个三五十次是不会明白的。

所以我常对想养狗的朋友说，若是没有恒心、耐心、爱心，那么别养了，你撑不住的，即使最聪明的狗，智商也只与一个三岁的小孩儿相似，那还得是纯种的情况下。

要不然一开始的爱心泛滥和好奇心让你养了狗，他最终也会变成你最不耐烦的负担。

一旦狗成了负担，他很快会成为被遗弃的对象，变成城市中最可怜的流浪者。

所幸我固执的个性弥补了我的耐心不足，终是让我纠正了老贝在家撒尿拉屎的毛病，也让我养成了无论刮风下雨都会遛狗的习惯。

我上大学时，狗粮、兽医、宠物医院开始渐渐流行起来，而"人吃什么，狗就吃什么"的错误喂养方式也在我与老贝的相处中引起了我的重视。

这或许也是时代进步的产物，我在这种情况下真正学会了如何养狗，狗是不能吃盐的，狗也要洗牙，狗更要定期检查身体，还有一定要为狗上狗证。

更不要忘记，遛狗时一定要清理狗狗的粪便，这不仅是道德问题，也是为了让你的狗在邻居眼里不成为"肮脏"的代名词，不变成被举报的对象。

狗需要人的陪伴，他是很容易寂寞的小东西，所谓的自娱自乐只是他不想打扰你工作和生活的假象，偶尔玩儿些小游戏，不仅能让他增加运动量，也能使他生活得更快乐。

我与老贝常玩儿两个游戏，一个是跳华尔兹，一个是Copy（复制）不走样。

说是跳华尔兹，不过是我抓起他的前爪在厅里随着音乐乱转罢了，以老贝的体形，我只能弯下身与他共舞。起初他可不乐意了，乱啃我的手，还翻着白眼瞪我，好似在说："你个二货，别把爷当人行不？爷是狗，得四条腿蹦跶。"

但顺从主人，让主人高兴是狗的本能，没多久老贝便妥协了，有时不用抓着他，他都会自己抬爪子跟我舞上一曲，小屁股扭得有模有样，让我高兴得就算有再大的烦恼都会一扫而空。

"Copy不走样"是我顽劣性子的产物，我总是有些坏心地想招惹老贝，等他坐定后，我会在对面坐下。一旦坐下，他就会想往我怀里钻，这时我会阻止他，和他隔开一小段距离，他会很莫名地看着我，我则什么也不说，一直看着他，他被我看得更不明白了，歪着脑袋想弄清我的意图，而我就会照着他的动作做。

他做什么，我就做什么。他要是吐舌头，我也吐舌头；他要是摇尾巴，我就扭屁股；他要是打喷嚏，我也会假装打个喷嚏……他见我对他好，他便会对我更好；若我对他不好，他却会在下一秒忘掉。

我这样，又弄不清意图，毛躁得发急了，就会吠几声，这时游戏就算结束了，等我一招手，他就撒欢儿地往我怀里钻。

这样多来几次，他就明白了这是个游戏，从游戏开始到他吠叫之间的时间也越来越长。

游戏一结束，都不用我唤他，他已经欢腾地死命往我怀里钻，用他毛茸茸的身体一个劲儿地蹭我。

我也在这个游戏中对狗的表情和动作变得越来越熟知，有时一些小表情自然而然地变成狗的习性，以致很多朋友觉得我有时还真像一只狗。

生活就是互
相地陪伴。

　　生活就是互相地陪伴，老贝将我身为独生女的寂寞分担了不少，总是让我不管人前人后都能开怀大笑，总能让我心里暖暖的，也总能让我即使悲伤了，也知道家里还有一个他。

　　每次只要我一开门，他都会欢腾地扑过来，告诉我他有多想念我，多欢迎我回家。

　　即使家中后来收养了Lucky、Kira、Luna三只雪橇犬，老贝的地位也未曾在我心中减去一分。他俨然是家中的狗老大，对着比他体形大上不少的三只雪橇犬，完全没有弱者的姿态，反而像极了调节邻里关系的居委会主任，一旦他们三个做错事了，他就会龇牙咧嘴，发出呜呜的教训声。

　　这让我常有一种他年岁大到成精了的想法。

当然，老贝在家也不是真就到了无法无天的地步，他特别怕我妈，因为我妈有洁癖，对我养狗总是不乐意，但我一向自己养的自己负责，她也不好找我的碴儿，但偶尔会把怨气发泄在老贝和三只雪橇犬身上，并不动手，不过有时会大骂两句。我妈和我约法三章，坚决不许他们进我的房间。

让老贝不进我房间那是很艰难的事情，尽管老妈总会盯着他，他也会想方设法地进来。他会假意在厨房待着，见老妈进来了，他就从厨房出来，躲在客厅的桌子底下观察，要是老妈又来客厅了，他就又会回厨房，顺便伸出脑袋看看老妈啥时候会走。若他发现老妈不准备出门，总在厨房和客厅来回转，他便会匍匐着身体，慢慢从厨房挪向客厅，挪一寸，张望一下老妈，见老妈没发现，他再挪一寸，等挪到我的房门前了，他会突然起立，再看老妈一眼，要是老妈没发现，他四条腿蹦跶得飞快，直接蹿入我房间的床底下安静地趴着不出任何声音，等很久后没听见老妈的骂声，他就知道老妈铁定没发现他进房间了，便屁颠屁颠地从床底下出来，一个劲儿地对着我撒娇卖萌。

老贝实在是很黏我，有时为了能安静工作，避免自己忍不住和他玩闹，我会把房门关上不让他进来。每当这时我就会领教到他的狗抓神功，门外都是他用力挠抓的声音，有时也会吠叫两声，但大多数时候他用爪子用得比较勤快，我不得不给他留条缝儿，让他能看到我。只要看到我了，他就不会挠，只会往房间里钻，我不许他进来，他似乎知道我在忙，会停下往里钻的冲动，脑袋安静地待在房里，身体在房外趴着。见此我也就不会去阻止他，可等我回头趁我不注意时，他就会偷偷地匍匐前进，要我听到动静回了头，他就会停住不动，甚至还会往门外退一点儿，但等我又不注意的时候他就又会往里挪。每次等我做完该做的事儿，想起他的时候，他早在我脚边安静地匍匐着了。等他一发现我在找他，就会立刻欢腾地抬起爪子放在我腿上，跟我深情对望，尾巴也会疯狂地摇动，要是我不回应，他便会来劲儿地想往我腿上跳。

　　要是长时间和他在一起，他会躺在一边舔他的爪子，就跟舔冰棍儿似的，这当然是我不理他的时候，要是时间真的太久的话，他就会叹气，像极了人，一副可怜相，让我想不搭理他都不行。有时不得不扔下他出门的话，门一开，他比我蹿得还快，我必须眼明手快地用脚丫子将他挡下，然后赶紧出门关门，走出很远时，还能听到他的吠声，绕梁好几十里，搞得我每次出去都不敢玩儿太久，老想着他会不会还在门口乱叫唤。

　　回家一开门，他总是端坐在门口等着我，见我进来了必定前爪抬起来搭着我，吐着舌头欢迎我。

　　每次吃饭的时候，他会歪着头痴痴地看着我，狗都是这样，就算狗粮吃得再香，也抵不住饭菜香味儿的诱惑。他不叫唤，就拿可怜兮兮的眼神看着我，似乎在说："我不相信你不给我吃！"等发现我真没打算给他吃时，他就歪着脑袋一副不能理解的表情，眼神里透着被伤害的光芒，弄得我不得不停下吃饭的手，安慰他，抚摸他，我也不得不语重心长地指着他的小肚子说："你不能吃，吃了对身体不好。"

　　他似乎听得懂，然后起身，用他耍赖般的低吟声边摇尾巴边用力蹭我的腿撒娇，一副讨好的眼神，好像在回答："不会的，我不会有事儿的，给我吃，给我吃。"

　　要是我还是摇头，他就会蹭得更厉害，尾巴甩在桌脚上砰砰地

你的一生不可能只有一只狗，而你却是一只狗的一生。

响，逼得我不得不将饭菜撤下，我不吃的话，他也就不闹腾了。

老贝喜欢睡在我的床头下方，我总会侧躺着，伸出手放到床边轻轻地抚摸他。他也不动，安静得只剩下呼吸声。有时我会忍不住想看看他睡了没有，他似乎能感觉到我在看他，会斜抬起头也看着我，我们就这样深情对视着，若我躺下了，他也会躺下，但只要我想看他，他也总会抬起头与我对望。

有时带他出门，让他玩儿得太累了，回到家，不管他有多累，多想睡，只要我唤他的名字，他就会立即出现，把头凑过来摇着尾巴

让我抚摸他。

只要想到他，他就会在我身边出现。

而他想到我时，我却不能像他这般。

我对他好，他便会对我更好；若我对他不好，他却会在下一秒就忘记了，继续用他最热情的状态讨好我，抚慰我。

## 3

有人说，狗跟主人的关系，像是传统而古板的婚姻关系，没有一丝一毫分居、离婚的念头，从一而终，因为狗不懂背叛、欺骗与怀疑。

忠诚便是狗的写照，也是他的代名词。

犯罪现场专家康妮·弗莱彻说：在我调查的许多案件中，猫在主人死后不久就开始吃主人的尸体了，因此证据便让这些小猫给弄没了，而狗则会到了实在饥饿难当的时候才会这样做，但更多情况下他们会紧紧地挨着主人，守护着，直到活生生地饿死为止。

倒不是说狗比猫好，而是在这个世界上能把对人的爱当成本能的动物，只有狗。

狗用不着名车、豪宅，或高级服务，他不会在乎你有没有钱，聪明还是笨。只要你爱他，他就会爱你。

请问茫茫人海中，有多少人能够做到？

一旦遇到灾难，和人一起救人的动物，也只有狗。

可直到现在仍有人将他当作一道菜——香肉。

如果你看到这篇文章，恳请你花上一些时间反思一下，如果狗可以救人，为何人不能救狗？

养了他，为何又要抛弃他？

请记住：你的一生不可能只有一只狗，而你却是一只狗的一生。

请珍爱这些个小生命，因为他会是你一生中唯一能用金钱买到的爱，也会是你一辈子最珍贵的财富！

# 初一女士和她的小八 /寐语者

畅销书作家，以行路为志，

以写字为趣，以生活为一场漫漫嘉年华。

代表作：《帝王业》。

初一是只玳瑁花色的母猫，二〇一一年大年初一凌晨，在地下车库偶然与我相遇。

所以我叫她初一。

大年夜的凌晨四点，吃过年夜饭，我在回家的路上飞驰，在鞭炮和零星焰火还未散尽的城中，冬雾隐隐被烟火染成橘红色。街上呈现出从来没有过的空旷，整个城市像是突然宽敞了几倍，路上只偶尔掠过几辆车，所以可以敞开速度飞驰。

只花了二十多分钟就到了家，往常总是要消耗四五十分钟在泥浆般的交通状况里。

我把车停进了地下车库，没像往常一样偷懒随便扔在楼下。

如果不是这两个偶然性的叠加，不会那么恰好，在世间随时发生着的无数次错过里，正巧遇上。

人与人如此，人与猫也如此。

刚走出地下车库，在电梯入口刷卡处，一团毛茸茸的影子拖着长尾巴掠过。

"喵？"

我随口跟她打个招呼。小区里的流浪猫很多，大多与人颇为亲近。

那个小黑影已跑到一辆车下，闻声回头，以警惕的姿势拧身张望，尾巴一动不动。

"大过年的你不回家，在这儿乱跑。"我自说自话地跟她开个玩笑，蹲下身招了招手。

小黑影的姿势略放松，但仍然没动。

我家猫教过我几句猫语，比如眯起眼睛"喵喵"叫两声是传达善意，是说我们做个朋友吧。

我这样"说"了，好像她听懂了，细细地"喵"了一声，踩着

小碎步走出车底。

是一只玳瑁花色的大胖子猫，有点儿脏。

她小心翼翼地靠近，走到光线明亮处，这才发觉我看错了，她是一只快要做妈妈的瘦弱小猫，不是大胖子。她嗅了嗅我的指尖，抬头看我，脑袋轻轻蹭我的手。

我们语言不通，种族不同，只能用肢体语言交流——我给她挠挠脖子顺顺毛，揉了揉脑门儿，她便舒服地打呼噜，眯眼享受这难得的亲昵，整个身体依偎过来，没有一点儿戒备。

她的玳瑁色皮毛原本应该很漂亮，可脏成这样，不知在外流浪了多久。她很瘦弱，看上去没成年多久，就已经拖着臃肿的小身体，即将变成猫妈妈。

奇怪的是，她的身体和脑袋有些不成比例，脑袋小小的，身体却已是成年猫的大小，脖子上紧箍的防蚤橡皮圈，已快勒着肉，项圈上满是污脏。

挠她脖子时，稍微触碰到项圈，她就哆嗦一下。

我突然明白过来，当她还是小猫的时候就被戴上这项圈，之后不知是走失还是被弃，流浪在外已经有不短的时间，身体渐渐长大，脖子却始终被小项圈勒着，脑袋不敢长大……她时刻在忍受着这个"枷锁"，难以想象这会有多难受。

而且，除非不吃不喝，否则她总会再长大，项圈会渐渐勒紧，直至令她窒息。

"跟我走好不好？"我站起来，一边慢慢往电梯走，一边招手示意她跟上。她怯怯地亦步亦趋，跟到电梯门前却不敢再进来。

"那就在这里等我，我给你拿吃的来，不要走开知道吗？"我指指她，又指指自己，做了个从嘴边掏东西给她的手势，指着电梯门前。

她歪着头看我，似乎在领会手势的意思。

电梯门合上，缝隙合拢那一刻她焦急短促地叫了一声。

数着楼层数字不断变化，到家，开门，飞快拿了猫粮和水，这过程中我一直悬着心，就怕她走掉，一走就再也找不到。家里两只猫，养尊处优地卧在沙发上，斜着眼看我跑进跑出，不知道外面有个她们的苦命姐妹在等着救命。

电梯降到车库，开门一看，她安安静静坐在原处，很lady的坐姿，一动不动地等着。

在她身后，还来了一只羞怯的大脑袋黄猫。

猫粮一端过去，两只猫便吃得稀里哗啦。大黄猫整个头都埋进了盘里，也不管我还站在旁边。而她猛吃了几口之后，抬头看我，蹭过来依偎在我腿上，呼噜呼噜地表示感谢。

我试着解开那项圈，但因为勒得太紧，她疼得直缩。

我带了剪刀下来，有点儿不敢动手，怕她受痛挣扎被弄伤。

可这聪明的小家伙，好像一下就明白了我要做什么，主动伏低身体，伸出脖子一动不动。塑胶项圈老化得发硬了，我试了两次也剪不断，她疼得绷紧了身体，但还是信任地趴在我的剪刀下。最后一次我横了心，猛地剪下去，项圈断了。

她愣了一下，甩头，慢慢动了动脖子。

我轻轻揉了揉她发僵的脖颈。

她一头躺倒在地，拖着笨拙臃肿的身体，高兴得就地打滚儿，露出肚子给我挠。

"既然是在大年初一遇见，就叫你初一吧。"

而我，只有你……

第二天我带了个纸箱去车库，放了旧枕头做成猫窝给她和她即将出生的小猫。

正犯愁该把纸箱放在哪个安全角落，就听见猫叫声，初一不知从什么地方钻了出来。她径自跑到我脚边，打着呼噜蹭我，然后回头朝一处杂物间跑了几步，又扭头看着我。

像是在说"跟我来"。

我拿起纸箱和猫粮老老实实跟在她后面，被她引到那个杂物间，那里看上去是个安全的角落，是她给自己挑选的地方。我放下给她的纸箱和猫粮碗，她对纸箱猫窝也还满意的样子，但愿可以让她安心在里面生小猫崽儿。

她大口大口吃猫粮，心满意足的样子，吃两口抬眼看我一下。

见我站起来要走，她丢下猫粮就跑到我面前，挡住去路，小声叫，拦在脚边不让走。"好，不走不走，陪你吃饭，快去吃。"我摸摸她，她就又回去吃两口，看我站起来，立马警觉地拦住去路。

就这样拦了我四次，次次不放行，不许我走。

直到第五次趁她埋头喝水，我才抽身离开。

她想留我陪伴她，不敢跟着我回家，或许是嗅出我身上有其他猫留下的气味儿印记。即便她敢，我也不敢贸然把她带回家。家里的两只大猫，在我眼里是刁蛮的小孩儿，一旦争夺起领地来，就会变回凶恶的小野兽。

动物的本能有时很残酷，猫群中的年轻母猫有时会杀死其他母猫的孩子，或出于嫉妒，或为了控制过多新猫瓜分有限的生存资源。我不确定带初一回家会不会是个好选择。初一并不是非常亲近人的，或许流浪久了，已经失去对人的信任。她的警觉性极高，吃着猫粮，稍有生人靠近就会发出威胁的低吼，飞快躲起来。

那天凌晨，她只听我唤了一声就回头，毫不犹豫就接受了我这个陌生人，也许是无助极了，也许是有缘。

那天我思量再三，终究没有强行带初一回家。

随后的两三天，我很后悔，因为初一消失无踪，没有再来吃猫粮。不知道她躲去了哪里，是受了惊吓，还是遇到意外。我提心吊胆，每天晚上去车库看了又看，一遍遍唤她。

就在我第二天要临时飞往另一个城市，匆匆收拾行李到半夜，心有不安，再次去车库看时，记得那时是凌晨两点，走到杂物间角落只唤了一声，就听见初一的应答。她从杂物间的门缝里钻了出来，眼睛亮汪汪，打着呼噜蹭到我脚下，臃肿的小身体瘪了下去，腰身扁了——两天不露面，原来她躲起来，已经悄悄生下了小猫。

初一瘦了，吃起东西来更是狼吞虎咽，依旧亲热黏人，只是更

不知等我回去，还能不能找到她……

警觉了，一边吃一边不时抬头看向杂物间门后。小猫一定被她藏在那里面了，那里常年锁着，无人进出，应该很安全。我没有去寻找小猫，怕惊吓到她们。

天气已经回暖，即将春暖花开，不用多久就能看到小绒球跟着初一妈妈来开饭了吧。

随后我踏上北上的旅途，南方已经渐渐春暖花开，冰天雪地的

北方城市还在零下温度。走前嘱咐了家人每天去喂初一，没几天却听说初一又不见踪影，没来吃猫粮的消息。我明白这是母猫的天性，为了保护孩子，一旦受到惊扰就会搬家躲避。不知等我回去，还能不能找到她，不知她带着小猫怎样度日。

这一走就是大半个月，紧接着飞去南方海滨，又是大半个月眨

眼过去。等我终于能够回家，家里的桃花已经开了，满眼新绿。那天是深夜的航班回来，在车库电梯口，我找了几圈儿也没看见初一，却一回头，瞥见一团拳头大的黄色小影子溜了过去。

第二天晚上我又去，刚走到杂物间门口，就听那黑洞洞的门后传来一声细弱的"喵"。

"初一？"

"喵。"

门缝后现出两点光亮，是她的绿眼睛。

"喵呜。"这次叫声拖长，没有之前的迟疑胆怯，一双尖耳朵探了出来。不等我再呼唤，她轻盈跃出，身贴墙根儿，仰起脖子发出呜咽般的叫声，眼睛直望着我。

"你还认得我？"我问。

她的回答是整个身体贴上来，磨蹭我的手、膝盖，热切得像久别重逢的老友。

几乎两个月了，她比之前精神些，毛色变亮了，个头儿仍是小小软软的。

我把带来的猫粮倒在塑料盘里，她吃几口又频频回头蹭我表示感激，我推她赶紧去吃，趁她吃着，回去拿水。见我进电梯，她追过来叫。

我像上次一样用手势示意她等着，拿了水碗和猫粮下来，她乖乖坐在电梯门口。

吃了一盘猫粮，喝了半碗水，初一饱了。

她走回杂物间门口，朝里面发出低低的呼唤声，回头看看我，又伸头来蹭。

门后有轻微响动。我忙退开，站远一些。等了几秒，核桃那么大一颗毛茸茸的脑袋伸出来，探了探风，小鼻尖动动，缩回去；又过几秒，小家伙果断探出半个身子，看看我，又看看她妈，再次缩回。

初一"喵喵"唤了几声，没耐心理她了，自己转身喝水，尾巴一拂一拂的。

小家伙藏在门缝里，闻到食物的味道，心急难耐地探出爪子，试图勾住妈妈的尾巴，提醒妈妈别忘了她的存在。我把两粒猫粮放在门缝前，吓得她哧溜缩进去，又是半晌不见动静。

初一和我一起蹲在门外等着，看这小样儿能憋到什么时候。

半分钟过去了……门缝下方一只小小的爪子探出，整个爪只有我拇指指甲大小，一挠又一挠，就是够不到那两粒猫粮。小东西急了，食欲战胜恐惧，她决定挑战一下门外的大怪兽，一步一掂量地挪出来，叼起猫粮迅速钻进妈妈身下，撅起小屁股拼命躲藏。初一低头给孩子舔了舔毛，仰头看我，轻声娇柔地叫，又低头叼住小猫的后颈，小心地把这家伙拖了出来，让我看。

小猫蹶手蹶脚地不乐意，初一不松口地摁着它。没想到初一竟愿意这样信任我，愿意跟我分享她做了母亲的骄傲，让我好好看看她的小猫。

这是一只小黄狸猫，和大年初一凌晨与初一同来吃饭的那只大黄猫长得一模一样，只多了白手套和白靴子。已经很久没见过猫爹的踪影了，初一与他分享食物，有福同享，但之后艰难的生育、哺育环节，都是小小的初一独自承担。现在春暖花开，那小子不知又去哪里追逐新母猫了。初一却还躲在暗无天日的地下仓库喂养小猫。算起来小猫快两个月大了，从未走出过地下车库，从未见过外面的阳光，等

除了缘分，没法解释为什么第一次遇见，她就那样信任我。

我哪天在花园遇见那个不负责任的猫爹，一定拿猫粮砸他。

初一允许我摸了摸小猫。她身披细软的绒毛，瘦瘦小小。我家猫是出生四十多天被弃在下水道边上的，然后被我收养，在长到两个月时，个头儿是初一的孩子的两倍。也不知初一到底生了几只小猫，或许还有其他的孩子，或许只活了这一只。

和以前一样，吃完东西初一仍然不放我走，喵喵大叫，拦住我离去的脚步。

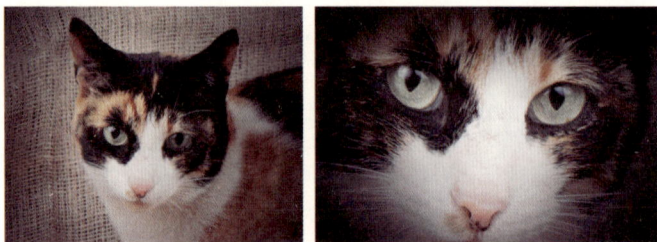

没有足够担待，不配爱与被爱。

　　她表现得比以往哪次都热切亲昵。我想，她的喜悦，不只是因为食物，更多的是因为我来找她——我没放弃她，她也没忘记我。一只猫，她也能清清楚楚地感受到被爱。在我为她担忧的日子里，或许她也因失去我的关爱而难过。

　　现在好了，我们重逢了。

　　除了缘分，没法解释为什么第一次遇见，她就那样信任我；为什么消失那么久，却在我回家第一天就出现；为什么时隔两个月她还认得我的声音。

　　推算这小猫是在初八那天出生的，我就叫她小八。

　　从这天起，直到夏天来临，我告别这座城市，去往万里之外的异国他乡开始新的生活之前，我们共度了这一段美好的春末夏初。初一带着小八，每天都在我回家经过的花园小径上等我。听见我走路的脚步声，她就能辨认，或是老远就看到我，跑出树丛，到路中央来迎接。

有了小八，初一不再害怕孤单，不再在每次我要离开时拦住我。

几乎每天，我们总会一起在草地上玩儿一会儿。

夕阳青草，初一扑来扑去捉蝴蝶，仰天打滚儿，蹭着我撒娇的时候，还像一只没长大的小猫咪，天真烂漫，似乎这个时刻她回到了幼年，回到了有妈妈保护的时光里，可以变回一个孩子；一旦小八也大起胆子跑出树丛，她就立起耳朵，变回警觉的猫妈妈，紧随在小八身边，稍有生人经过，就把小八赶回树丛。

初一是聪慧的，她懂得大多数纯善的动物所不懂的事儿——有的人类可以信任，有的人类必须远离；人类有时会给你爱，有时也会给你伤害。作为一只猫，可以去爱你信任的人类，但最好不要依赖，永远保留你作为一只猫的独立和骄傲，随时可以离开、不怕被遗弃，随时可以回来，知道有人爱你。

小八比初一幸运，没有像她的妈妈一样遭遇被遗弃的伤痛。初一也小心保持着小八与人类的距离，让小八长成一只自来自去、独立的、不怕被遗弃的猫。

我离开之前，说服小区物业收留了她们，在车库杂物间留出了一席之地做初一和小八的家，给她们食物和水，任她们自由来去。在养尊处优的家养和保有自由的寄居之间，我相信初一和小八宁肯要自由。

流浪在城市里的动物最是凄凉。

其次是宠物，他们锦衣玉食，却无自由，不被尊重。

人类修建了城市，用钢筋水泥去代替森林原野，从其他生物手中夺取自然资源，给自己挥霍，扩张无度，却吝啬于分出微末空间给别的生物。城市里的动物，生存资源已被人类占用侵蚀殆尽，被迫离开，或被驯养，靠人类庇护为生，或自己艰难偷生。他们没有选择。

即便如此，城市也不只属于人类。

宠物这个词本身充满了人类的优越感和自私心。我家中那两只猫从来不是我的宠物，是我的家庭成员，是动物伴侣。她们给予我爱和陪伴，我给予她们爱与呵护，我们只是共享一个生存空间，尽量各自尊重，我们是平等的。

即便只是想养宠物，也不是一件轻率的事儿，在没有稳定居所，不能忍受动物的吃喝拉撒生老病死诸多麻烦之前，不要轻轻松松带回一只猫、一只狗，如同带回一件玩具。

没有足够担待，不配爱与被爱。

给了他们爱，又再遗弃，是最恶的恶——而这世间，许多恶，恰是以爱为名。

[ END ]

图书在版编目（CIP）数据

而我只有你. 2 / 辛夷坞等著. — 长沙：湖南文艺出版社, 2012.10
ISBN 978-7-5404-5753-2

Ⅰ. ①而… Ⅱ. ①辛… Ⅲ. ①短篇小说 – 小说集 – 中国 – 当代
Ⅳ. ①I247.7

中国版本图书馆CIP数据核字(2012)第204045号

上架建议：小说·作品集

## 而我只有你 II

作　　者：辛夷坞 等
出 版 人：刘清华
责任编辑：丁丽丹　刘诗哲
监　　制：蔡明菲　潘　良
选题策划：邢越超
特约编辑：尹　晶
版式设计：利　锐
封面设计：姚姚设计工作室
出版发行：湖南文艺出版社
　　　　　（长沙市雨花区东二环一段508号　邮编：410014）
网　　址：www.hnwy.net
印　　刷：北京尚唐印刷包装有限公司
经　　销：新华书店
开　　本：880mm×1230mm　1/32
字　　数：160千字
印　　张：7
版　　次：2012年10月第1版
印　　次：2013年4月第2次印刷
书　　号：ISBN 978-7-5404-5753-2
定　　价：32.00元